三河雑兵心得

百人組頭仁義

井原忠政

双葉文庫

目次

序章　茂兵衛百人鉄砲隊　9
第一章　江《え》尻《じり》城《じょう》の女　22
第二章　惣無事令余波　82
第三章　花嫁の父、暴れる　142
第四章　名《な》胡《ぐる》桃《み》城《じょう》事件顚末　204
終章　はめられた老大国　263

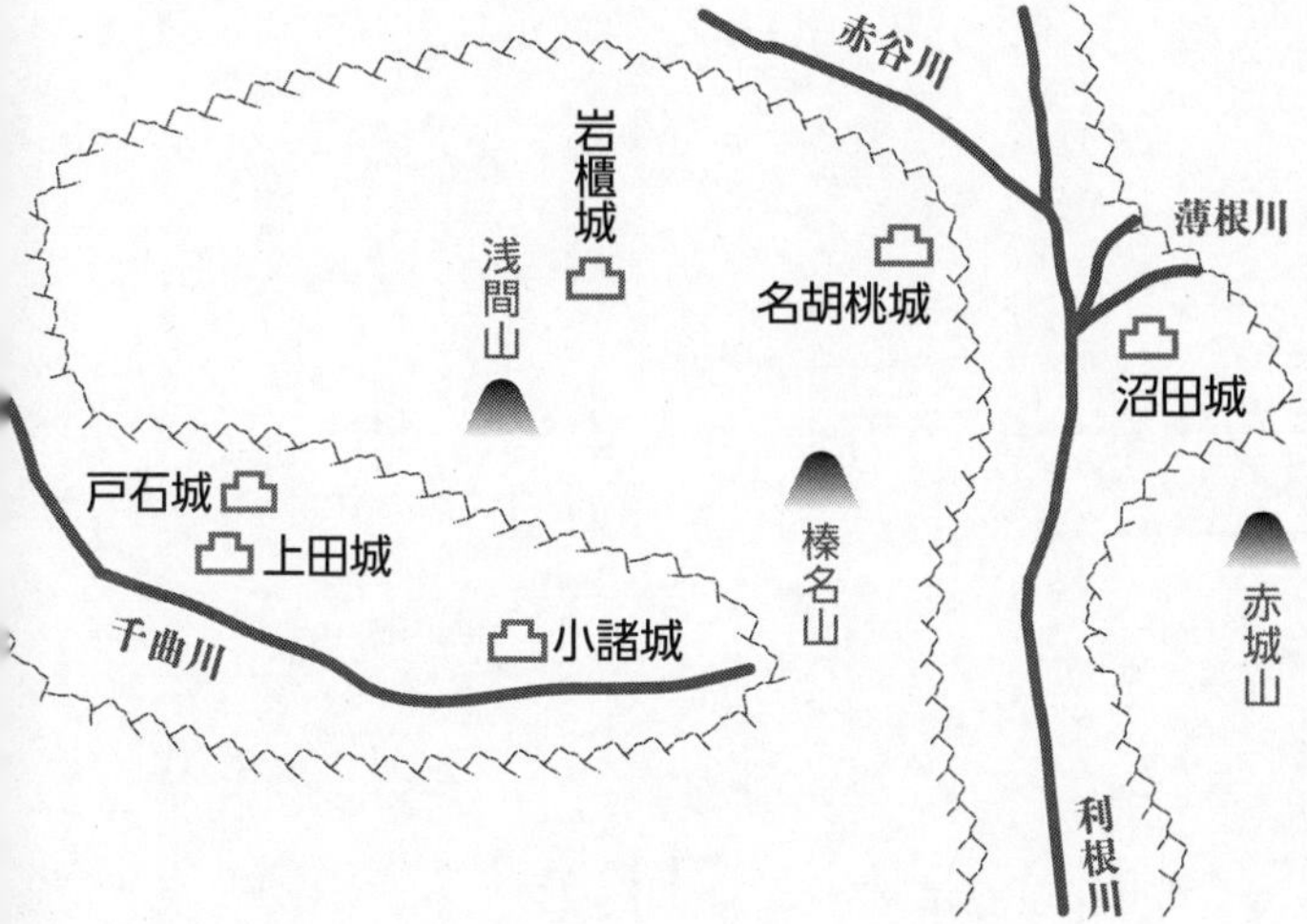

名胡桃城・沼田城周辺図

三河雑兵心得　百人組頭仁義

序章　茂兵衛百人鉄砲隊

駿河国《するがのくに》南部の海沿いは温暖で、まずは天候に恵まれた土地だ。

わけても冬場は晴れの日が続き、あおぎ見る空には雲一つない。北東はるかに望む富岳《ふがく》はあくまでも白く、その純白と空の青さの対比が得《え》も言《い》われぬほど美しい――はずなのだが、今日に限っては黄色く煙《けぶ》って見えた。

ザッザッザッザッ。

鉄砲足軽が百人、槍隊と弓隊が百人、小荷駄《こにだ》などを合わせれば三百人からの屈強な男たちが隊列を組んで走り、砂塵《さじん》を巻き上げるので空が黄色いのだ。

ザッザッザッザッ。

兵を鍛えるなら冬場に限る。寒い時季に十分鍛えておくと、その後の一年間は不思議と体力が保たれるものだ。

「冷気を胸一杯に吸い込め。どこまででも走れるがや」

重さ一貫（約三・七五キロ）の火縄銃を抱えて走り続ける苦しげな足軽たちを励まそうと、馬上の植田茂兵衛《うえだもへえ》が声を張った。

「冬場に鍛えておけば、夏の戦《いくさ》でも走り負けんで済む。その一歩が、戦場《いくさば》でおまんらの命を救うやもしれんぞ。ほれ、しゃんとせい！　頑張れッ」

駿府城《すんぷじよう》から東へ一里（約四キロ）。比高百丈（約三百メートル）ほどの有度山《うどやま》（現在の日本平）が、安部川《あべがわ》河口に広がる沖積《ちゆうせき》平野の中に、平べったく盛り上がって見えた。遠望すれば、あたかも大海に浮かぶ孤島のようにも見える。

「左馬之助《さまのすけ》。ゆっくりでええ、隊列を整えたまま有度山まで足を止めさせるな」

具足の上に白羅紗《しろらしや》の陣羽織《じんばおり》を着込んだ茂兵衛が、青毛《あおげ》の悍馬《かんば》を輪乗《わの》りさせながら命じた。馬の名は「仁王《におう》」という。大型の黒馬で、上田《うえだ》合戦の折に死んだ愛馬雷《いかずち》を彷彿《ほうふつ》とさせた。

「承知ッ。百人組、並足前へッ」

筆頭寄騎の横山《よこやま》左馬之助が甲高い声で号令し、各寄騎たち、小頭《こがしら》たちが次々に復唱した。彼らの大声が白い息となり、冬の大気に消えていく。

「隊列を乱すな。おいそこ！　急ぐな。へばるぞ。並足でいかんか！」

次席寄騎の木戸辰蔵《きどたつぞう》が、馬をあちこち走らせながら、徒士《かち》の小頭たちに命令を徹底させている。辰蔵とはもう足かけ二十四年の付き合いだ。年齢は彼の方が一つ上だが、茂兵衛の妹タキの亭主でもあり、義弟ということになる。

「ほれッ」

と、茂兵衛は、仁王の鐙《あぶみ》を小さく蹴った。

隊列から少し離れて、遠目から百人組全体の士気と動きを眺めてみたい。行軍時に、彼がいつもとる行動である。足軽たちの気分は、外観に現れるものだ。士気の高い隊は整然と行軍し、低い部隊の隊列は乱れる。

（士気は……あまり高くないのう）

隊列に締まりがない。揃っていない。てんでにバラバラだ。足軽を怒鳴りつけるのが仕事の小頭たちの声も、心なしか遠慮がちである。

二年前の上田合戦まで、茂兵衛は数五十挺の鉄砲隊を率いていた。あの隊は茂兵衛の自信作だ。士気は高く、戦場ではどの隊よりも纏《まと》まり、整然と行動した。

今回、鉄砲の数が倍になり、援護の弓隊や小荷駄まで抱え込むことになった。人員は優に三倍以上にもなる。鉄砲を初めて撃ったという者も多く、大将である茂兵衛の指揮にも慣れていない。演習を繰り返す中で、隊としての纏まりを高めていくしかあるまい。現状のまま戦場に出ると酷いことになりそうだ。

ザッザッザッザッ。ザッザッザッザッ。

足軽たちは顔を伏せ、黙々と走っている。個々の足軽を見る限り、反発や反抗までは感じられない。走るのは辛いが、その不満が茂兵衛や上役たちには向かっていない様子だ。そこはいい。ただ、各個人、足軽それぞれに生気を感じられない。部隊としての士気以前の問題である。

（これは……なんだ？　なにが違う？）

茂兵衛なりに考えを巡らせてみたのだが、一つ感じるのは、以前よりも自分と足軽たちの距離が「離れてしまったのではないか」ということだ。これが以前なら——

「お頭《かしら》、有度山まで走るのは殺生《せっしょう》ですわ」

「夏の戦で死んでもええから、今はちょっとだけ歩かせて下せェ」

などの軽口が返ってきて、それを馬上から茂兵衛が一喝しても、足軽の列からは陽気な笑い声が上がる——そんな気の置けない一体感があったように思える。

「お頭は怒ると怖《こ》ェが、理不尽な怒り方はされねェお方だから」

「戦場でちゃんとお頭の命令に従っておれば、生きて帰れるからなァ」

と、配下の者たちは、よく料簡してくれていたものだ。そんな信頼感が薄れてしまったのは、どうしてだろう。

（やっぱし、これなのかなァ）

と、茂兵衛は馬上で己が陣羽織を触ってみた。

鞍上《あんじょう》の茂兵衛は、植田家の定紋である「田」の一文字を前立《まえだて》に飾った筋兜《すじかぶと》を被り、濃紺の糸で毛引《けび》きに威《おど》した当世具足《とうせいぐそく》を着用。その上から立襟《たてえり》、前襟《まええり》、肩飾《かたかざ》りに金襴《きんらん》や錦《にしき》をふんだんに使った白羅紗の陣羽織をはおっている。この陣羽織は新調したばかりだ。堂々たる武将姿である。ちなみに、今日は実戦でないから、さすがに面頬《めんぼお》と喉垂《たれ》は着けていない。

（どうも装束が立派過ぎるからなァ）

足軽たちは、豪奢《ごうしゃ》な装束を着た「神の如き存在」に気後れしている可能性がある。茂兵衛はこの正月に加増を受けた。知行は九百貫（約千八百石）で、大体六つか八つの村を支配する小領主の分限だ。決して分不相応な戦装束《いくさしょうぞく》とは言えないのだが、年に俸給が銭四貫文（約四十万円）前後の足軽たちからすれば、気軽には声をかけられない「お殿様」に映っているのかも知れない。

「若干、豪華すぎるのではねェか？」

茂兵衛は、駿府城下に建てた真新しい屋敷の居室で、女房の寿美《すみ》に恐る恐る質《ただ》した。ほんの今朝のことだ。

「なにがです？」

妻の寿美が、下から怖い目で睨んできた。三十五歳になっても容色は衰えず、働き者の良い女房なのだが、今朝に限っては少々機嫌が悪い。

「特にこの陣羽織よ。白地に金襴と錦かいな……遠方からでもよう目立つぞ」

と、装束の派手さに不満を唱えた。

「派手な陣羽織を着とると、戦場で敵鉄砲に狙われる。花井《はない》の例もあるしな」

「あら、そう」

自ら陣羽織を見立てた寿美が、不快げに顔をそむけてしまった。ちなみに「花井の例」とは、二年前に色々威《いろいろおどし》の派手な具足に拘った茂兵衛配下の花井庄右衛《しようえ》門《もん》が、脇腹に銃弾を食らった事例を指す。

「そもそも話が違うのですから」

寿美が柳眉《りゆうび》を吊り上げた。

「貴方は侍大将におなりになると伺ったのです。私はそのつもりで陣羽織を御用意しました。ところが足軽大将に格下げになられた」

「べ、別に格下げではねェわ……現状維持だがね」

昨年末から始まった軍制改革の一環として、この正月に茂兵衛は新たに編成される鉄砲百人組の組頭《くみがしら》に補されたのだ。身分は侍大将、番頭《ばんがしら》級だと家康《いえやす》の軍師である本多正信《ほんだまさのぶ》から確かに伝えられたが、三日後には撤回された。鉄砲百人組こそ率いるが、身分はやはり足軽大将のままだという。百姓身分から成り上がった茂兵衛を快く思わない連中——これが、古参の三河《みかわ》武士には結構多いのだ——から異論が続出したらしい。

侍大将と足軽大将の違いは歴然としていた。己が所在を示す小馬印《こうまじるし》の掲揚が許されるのは、侍大将以上である。寿美は、稲穂を模した小馬印を発注していたのだが、これも無駄になった。

ちなみに、馬印とは大将の所在（本陣）を示す旗以外の造形物である。家康の金扇、秀吉の金瓢簞《きんびょうたん》などが有名だ。小馬印は、その小規模なものである。後代の例にはなるが、大馬印は六千石以上、小馬印は三千石以上の身分に許された。

知行は加増されたし、率いる人員も三百人規模になった。待遇は上がったが、身分はすえおきで足軽大将のまんま——

「私には、どうしても納得が参りませんのよ。あのボンクラな善四郎《ぜんしろう》でさえ、小馬印を揚げるというのに……」

松平《まつだいら》善四郎は、寿美の実弟である。此度《こたび》の軍制改革では大番組《おおばんぐみ》を率いる番頭《ばんがしら》に補され、晴れて侍大将の仲間入りをはたした。

寿美はなまじ、夫の番頭昇進に狂喜乱舞しただけに、その撤回による落胆、怒りはすさまじく、勢い余って、かくも豪華な陣羽織を作らせたものと思われた。


ザッザッザッザッ。


寿美の憤りは理解できるとしても——この豪奢な戦装束が、組頭である茂兵衛と足軽たちの間に、見えない壁を作っているとしたら由々しき問題だ。

(ま、難しいところだわ)

仁王の鞍上で茂兵衛は考えた。

(以前の鉄砲隊は、頭である俺が、百姓あがりで遠慮の要らねェ親父役を演じとった。間に入った寄騎衆と小頭衆がその分厳しく接することで、隊全体を引き締めていたわけだ。塩梅《あんばい》が絶妙にとれていたんだわ)

ところが現在の茂兵衛は、足軽たちから見て「口もきけないお偉いさん」に映っているのかも知れない。その象徴が金襴や錦を使った豪華な陣羽織ということになる。この状態で、今までと同様に寄騎と小頭が厳しく接すると、隊の幹部すべてが強面《こわもて》となり、足軽は息をつく暇がない。結果、隊への忠誠心や帰属心が育たず、ひいてはそれが不満や反抗心へと繋がってしまうのだ。

（寄騎か小頭か、どちらかに気さくな親父役を肩代わりして貰わにゃならんな）

足軽と身近に接する小頭が「優しい」のはちとまずい。たがゆるみ過ぎる。となると七騎いる寄騎衆が「気さくな親父」役を演じるということになるだろう。

（左馬之助と辰蔵に伝えておこう。あの二人は俺より賢い性質《たち》だ。すぐに理解して上手くやってくれるだろう。ただ、他の寄騎衆には期待できんわなァ）

左馬之助と辰蔵以外の五人の寄騎は、実戦経験のない若者揃いだ。これまた頭の痛い問題である。

その頼りない寄騎の一人が、ここにいる――

「伯父上、朝から夫婦喧嘩《めおとげんか》ですか？」

綾乃《あやの》をおんぶし、廊下の板を踏み鳴らして具足姿の若者が歩いてきた。彼の名は植田小六《うえだころく》という。小六は、茂兵衛の弟植田丑松《うえだうしまつ》の長男だ。茂兵衛とは伯父甥の間柄になる。三人いる丑松の倅《せがれ》の内では唯一、人並みに知恵が回ることから、丑松の主《あるじ》である本多《ほんだ》平八郎《へいはちろう》の肝煎で茂兵衛隊の七番寄騎として採用された。つまり七人いる寄騎の末席である。三方《みかた》ヶ原戦《はらのいくさ》の翌年の生まれだから、今年で十五歳か。随分と若い。父親ほどの阿呆ではないが、少々人間が軽い。お調子者である点が心配だ。

「こら小六、気安く綾乃に触るな。おまんのたアけが伝染《うつ》るわ」

「酷いな伯父上。綾乃と私は、今しがた夫婦約束《めおとやくそく》をしたばかりですぞ」

一人娘の綾乃は、大層容貌に優れ、賢くもあるが、若い男が訊ねてくるとすぐに惚れて、見境なく「将来、嫁になる」と言い出すので困っている。綾乃はまだ六歳だ。この先が思い遣られる。

「誰がおまんなんぞに、可愛い娘を遣るかい！」

「綾乃、お前、木戸の松之助《まつのすけ》殿と夫婦になるのではないの？」

寿美が呆れ顔で娘の節操の無さを咎《とが》めた。

「松之助様も好きよ」

「駄目、松之助だけは駄目だら！」

茂兵衛が目を剝《む》いた。

「え、どうして？　とても良い子よ」

と、女房が振り返った。瞬間、茂兵衛の背筋を冷たい汗が流れ落ちた。義弟の木戸辰蔵が養育している松之助は、実は茂兵衛の子だ。有り体に言えば、隠し子である。つまり綾乃には腹違いの弟だから、なんぼなんでも夫婦はまずい。で、そのことを寿美に伝えるわけにはいかないのがなんとも悩ましい。

「い、従姉弟《いとこ》同士だろ。血が濃すぎる」

「従姉弟同士の夫婦は珍しくないでしょ？」

「そ、そうなのか？」

シドロモドロになりながら答えた。

「そんなことより、伯母上、どうか私に飯を食わせて下さい」

「あら、食べてないの？」

「食ったけど、また腹が空《す》いたんです」

「仕方ないわねェ、ホホホ」

と、笑いながら寿美が小六を厨《くりや》に誘《いざな》った。小六は綾乃を背負ったまま、寿美の後について去りかけた。

「おい小六」

「はい？」

と、足を止めて振り向いた。呑気な顔で、綾乃をおんぶしたままだ。小六の背中から娘が茂兵衛にニヤリと笑いかけた。

「もへえ……ヒヒヒ」

（たァけが、また父親のことを呼び捨てにしおって……）

茂兵衛は、綾乃を無視して小六に念を押した。

「おまん、他所《よそ》で『伯父上』はいかんぞ。ちゃんと『お頭』と呼ぶんだ」

親族同士のナアナアはいけない。周囲から反感を買う。戦場にあっては、甥っ子だろうが倅だろうが、一切の依怙贔屓《えこひいき》はしないつもりだ。

「分かってますって。ちゃんと『お頭』と呼びますよ、ハハハ」

と、笑いながら行ってしまった。

「ほんまに大丈夫か、あの能天気野郎が……」

松平善四郎、花井庄右衛門の顔が脳裏に浮かんだ。二人とも平八郎から押し付けられた問題児だった。そして今度は、植田小六だ。

（どうして平八郎様は、ひねくれ者とか、阿呆とか、お調子者とかばかりを俺に押し付けてくるのだろうか……俺に、なんぞ恨みでもあるんかな？）

と、侍大将になり損ねた足軽大将が嘆息を漏らした。

第一章　江尻城《えじりじょう》の女

一

ザッザッザッザッ。

本日、茂兵衛が百人組を有度山《うどやま》に連れていくのは、体力錬成のためだけではない。他にも目的があった。鉄砲の基礎中の基礎として、「撃ち上げ」は弾が下がるので、やや上を狙って撃ち、「撃ち下げ」の場合は弾が伸びるので、やや下を狙って撃つというのがある。どの程度、上や下を狙えば当たるのか、こればかりは言葉では教えられない。平地で幾ら撃っても体得できない。そこで、有度山の斜面を利用して「撃ち上げ」や「撃ち下げ」の訓練をしようと考えた次第である。

「おい、富士之介《ふじのすけ》、三十郎《さんじゆうろう》、おまんら二人は有度山に先乗りしてな……」

背後に控える植田家郎党の二人に声をかけた。元は植田村の百姓だった清水《しみず》富士之介と稲葉《いなば》三十郎も、今や陪臣《ばいしん》ながらに騎乗の身分である。

「丁度ええ射撃場所の見当を付けてこいや。着いたらすぐにも撃てるようにな。早く行けッ」

「ははッ」

二人の騎馬武者は機敏に鐙《あぶみ》を蹴って、駆け去った。よかった。せめて己が郎党の士気だけは、今も高く保たれているようだ。

眺めれば、足軽たちは相変わらず黙々と走っている。静かなのは良いが、なんだか気が塞ぎそうだ。誰か下卑《げび》た冗談でも言ってくれるといいのだが——この重い空気ではそれも期待できない。

「おまん、なにをするかァ！」

怒声が響き、茂兵衛の思考を途絶えさせた。見れば隊列の中で鉄砲足軽同士が足を止め摑み合っている。

（け、喧嘩だがね）

と、馬首を巡らせ、鐙を蹴りかけた茂兵衛だが、動きを止めて自重した。

「どう、どうどう」

走る気満々だった仁王の首を優しく叩いて落ち着かせる。

（いかんいかん。足軽の喧嘩ごときに組頭《くみがしら》が介入してはならん。威厳を損ねるだけだわ）

足軽同士が揉めることなどは日常茶飯事で、小頭《こがしら》や、せめて下位の寄騎が裁くべき事案だろう。ただ、百人組は鉄砲隊である。それぞれが物騒な得物を手にしているわけで、大事になる前に早めに鎮めねばならない。

「やめんか、たァけ」

早速、大柄な小頭が仲裁に入ったようだ。寄騎も一騎が駆けつけてきた。それが植田小六だと気づいて茂兵衛は驚いた。

（ほう、なかなか勤勉じゃねェか）

足軽の喧嘩ごときに、労を惜しまず駆けつけたところは立派だ。小六は早速、大柄な小頭に協力し、足軽を怒鳴りつけ、喧嘩を分けている。

ただ、茂兵衛が後方から睨んでいては、小頭も小六も仕事がやり辛かろう。

「おまんは、ここにいて顛末を見届けろ。後で報告せよ」

と、背後に控えた植田家の郎党——徒武者《かちむしゃ》の仲沖仁吉《なかおきじんきち》に命じ、今度こそ鐙を蹴って隊列の前方へと馬を進めた。

なにせ三百人が三列縦隊で走っている。小荷駄隊には馬もいるから、隊列の長さは一町半（約百六十四メートル）にもなった。ひと走りして先頭に出た。

「後ろで、なんぞあったんですか？」

先頭で馬を進めていた左馬之助が、追いついてきた茂兵衛に訊いた。

「なに、足軽同士の喧嘩だがや。小頭と植田小六が止めに入った。後は二人にまかせておけばええ」

「承知ッ」

戦国期の鉄砲隊とは通常、二十挺からせいぜい五十挺ほどの鉄砲を装備する足軽隊である。指揮官は足軽大将と呼ばれる中級幹部で、多くの場合、各「備《そなえ》」に配属され、侍大将と呼ばれる重臣《おとな》たちの指揮を受けた。

対して、茂兵衛の百人組は鉄砲隊としてはかなり異質である。鉄砲百挺を擁し、その他に寄騎が七騎ほど、支援の槍隊、弓隊、小荷駄隊などを含め三百からの人員を抱える大所帯だ。単独でも戦地に投入可能な独立した戦闘単位である。つまり百人組とは、すでにそれのみで独立した「備」なのだ。

（実戦でもし俺が倒れたら、この三百人を左馬之助と辰蔵で率いることになるの

か……ま、大変だわな）

それでも左馬之助と辰蔵までは、まだ安心できる。なんとか三百人を纏《まと》めて、本陣まで退いてくれるだろう。問題はその後だ。この二人の先任寄騎にもしものことがあった場合、三番寄騎以降の人材は心許ない。年齢も経験も資質もだいぶ劣る。徳川《とくがわ》も百三十万石の大版図となり、三万五千からの兵力を持った。大所帯となり、小頭や下級寄騎の人材不足は深刻だ。頭数はいるが、使える者は少ない。

（や、ま、生来の兵《つわもの》なんぞおらんからなァ。要は、育てることよ）

武人を育てる要諦は実戦に限る。

（なんでも揃っとるからなァ）

戦場には、武技、体力、知恵、胆力、誠実さ、狡さ、人情の機微——人が生きる上で必要とされるすべてが、それぞれに先鋭化された形で揃っている。

だが最近は、秀吉《ひでよし》の天下がほぼ定まり、戦《いくさ》の数も減ってきた。実戦で経験が積めないならば、厳しい鍛錬の繰り返しと、信頼して責任を負わせることで育てるしかない。信頼と責任は育成の要諦である。ただただ厳しく鍛えるだけでは、自分の頭で考えない牛馬のような兵が育つだけだ。

「殿ッ」

仁吉が駆けてきて、茂兵衛に報告した。茂兵衛は隊列から離れて馬を止め、郎党の報告を聞いた。

「鹿松《しかまつ》と竹万《たけみつ》と申す鉄砲足軽が、肩が触れた触れないで諍《いさか》いとなりました。小頭の野見辰五郎《のみたつごろう》殿、寄騎の植田小六様が仲裁し、今は収まっておりまする」

「うん、分かった。御苦労」

この仁吉とは、上田の戸石城《といしじょう》の地下牢で共に苦労した仲だ。あの頃は一介の従僕に過ぎなかったが、今は徒武者として、仲沖という苗字まで持っている。出身集落にちなんで、茂兵衛が付けてやった苗字だ。茂兵衛自身も二十四年前、最初の主《あるじ》である夏目次郎左衛門《なつめじろうざえもん》から植田の苗字を賜《たまわ》った。

今、有度山に先行している富士之介と三十郎の二人も、元々は故郷植田村の百姓だったのだ。茂兵衛が馬乗りの身分となった折に従僕とした。今も植田家の家来で陪臣の身分だが、茂兵衛は二人に騎乗を許した。植田家家臣の内、騎馬武者は家宰の鎌田吉次《かまたきちじ》と富士之介と三十郎の三人だけだ。知行九百貫の軍役は四十五人ほどにもなる。騎馬武者をもう数騎増やさねばならない。ただ、騎乗の身分となれば、たとえ陪臣でもりっぱな士分だ。それなりに体面も保ってやらねばならず、俸給も高くつく。それだけ植田家の家計を圧迫するということだ。知行が上がれば上がったで悩みも増える。

ザッザッザッザッ。

「ほれ、もうすぐだら。頑張れッ！」

辰蔵の声が響いた。足軽たちが駆け行く先に、有度山のなだらかな稜線が近づいてきた。

二

富士之介と三十郎は、有度山の山麓で待っていた。

二人は百人組を、北斜面の中腹に誘《いざな》った。有度山は、南側こそ駿河《するが》湾に向かって急峻に落ち込んでいるが、北側はなだらかな斜面である。ほとんどは鬱蒼たる樹木に覆われていたが、富士之介たちは二町（約二百十八メートル）四方の草原を見つけていた。その中ほどに、斜面に沿って陣を敷けば「撃ち上げ」と「撃ち下げ」の両方を試せる。

（うん。場所の選択は申し分ねェわ）

茂兵衛は己が郎党の気働きに満足した。

「放てッ」

ドンドンドン。ドンドン。

左馬之助の号令で、百挺の鉄砲が一斉に放たれた。

まさに轟音、耳を聾《ろう》する爆音である。風のない日で、濛々《もうもう》たる白煙が長く立ち込め、チクチクと肌を刺した。

「撃ち上げ」「撃ち下げ」の微妙な調整は、足軽個々人が実際に射撃し、自分なりに工夫し、コツを体得するしかない。これは後で、各組毎にやらせる。まずは百人組として斉射の訓練が重要だ。戦場における鉄砲の効用は、無論その殺傷力の高さだが、轟音による敵への威嚇も重要だ。この百人組を本陣前に、二列横隊で並べて斉射すれば、茂兵衛の経験則からして、一発でおよそ三百騎からの騎馬隊の出足を止め得るだろう。百発の鉛弾で六百の人と馬を倒すことはできないが、斉射の轟音が馬の足を止めるのだ。

「放てッ」

ダンダンダン。

当初バラバラだった斉射の音が、次第に揃うようになってきた。左馬之助と辰蔵以外に、五人いる新米寄騎たちにも良い経験となる。交代で斉射の号令をかけさせた。鉄砲隊寄騎の乗馬は、通常発砲音に慣れているものだが、百挺の斉射となると話は別だ。幾人かの若い寄騎は、轟音に怯え暴れる馬を制御できなくなっている。

「たァけ。おまんは弓組の寄騎でもやっとれ！」

辰蔵が若い寄騎をどやしつけた。

ひとしきり斉射訓練をした後は、各組に分かれて、小頭の指導の下「撃ち上げ」「撃ち下げ」の訓練を続けさせた。斜面の上方半町（約五十五メートル）と下方半町に、それぞれ伐採した大木を横たえ、それを標的として狙い撃たせた。

「ええか。撃ち上げの場合、馬鹿正直に狙って撃つと、大概《たいがい》弾は手前の土を撥ね上げる」

左馬之助が、鉄砲足軽たちの背後をゆっくりと歩きながら、誰に言うともなく大声で諭す。

「撃ち下げると、大概幹の上を飛び越える。そこを頭に入れて狙え。ほんの少しのことだが、その具合を体に染み込ませろ」

ダン——ダン。ダン。

斉射とは違う。あちこちで単発の銃声がしては、「おお」とか「見事」やら「たァけ」の声が聞こえてくる。

「な、辰蔵……槍足軽、弓足軽たちにも、鉄砲の撃ち方を一通り覚えさせておくのはどうだろうか？」

「と、申されますと？」

二人きりの場所では辰蔵と茂兵衛は対等に喋る。特に丁寧な物言いはしない。朋輩《ほうばい》言葉である。しかし、百人組頭と二番寄騎の身分差は大きいから、人前での辰蔵は、茂兵衛に対し敬語を使う。

「戦場で、鉄砲を持っていると敵の標的になり易い。撃たれて鉄砲足軽が足りなくなったとき、得物を余らせておくのはもったいないから、他の足軽が代わって撃てるようにするのさ」

「それは妙案ですな。ただ、鉄砲足軽たちは己が得物を大層大事に扱っておりますので、それを他の者に貸すのは嫌がりましょうなァ」

「別に、鉄砲は私物ではねェわ。徳川の鉄砲をお借りしとるだけだがや」

「ま、そうなんですけどね」

「お、伯父上ッ！」

小六の声だ。振り向くと、走ってくるその顔色が尋常でない。真っ青だ。

「こらァ小六。戦場では『伯父でも甥でもねェ』とゆうとったろうが」

「お、お頭《かしら》……一大事にございまする」

茂兵衛の前に片膝を突いて控えた。

「どうした？」

「鉄砲足軽が小頭を……鉄砲で撃ちましてございまする」

「なにッ」

茂兵衛と辰蔵が同時に目を剝《む》いた。

「事故か？」

「それが、多分故意に撃ったのではないかと」

「今、どうしてる？」

「誰が撃ったか分かりませんので、取りあえずその組の全足軽から鉄砲を取り上げ、他の鉄砲組が銃口を向け見張っております」

「撃たれた小頭は誰だ？」

「の、野見辰五郎……」

「さっきの喧嘩ではねェか⁉」

行軍中に足軽同士の喧嘩騒ぎがあったが、それぞまさに野見の組であった。

茂兵衛が駆けつけると、野見はまだ生きていた。意識もあったが、もう長くはない。背後の近距離から大口径の六匁筒《ろくもんめづつ》で撃たれ、腹の前がごっそり吹き飛ばされ腸《はらわた》がはみ出ている。凄惨な光景だ。

「おまんを撃ったのは誰だら？」

瀕死の野見は、茂兵衛に向かって力なく首を振り、やがて口をあくあくと動かし、目を見開いたまま息を引き取った。背後から撃たれたのだから、誰が撃ったか分からなくて当然だ。彼の配下の足軽は一まとめに座らされ、他の鉄砲組が銃口を向けている。

「鹿松と竹万は誰と誰だ？」

茂兵衛が問うと、一人の足軽が手を挙げた。

「俺は鹿松です。竹万は……おりません。あっちの方に逃げて行きました」

と、彼方《かなた》の森を指さした。

「誰か、竹万が撃ったのを見たか？」

組の足軽たちが一斉に頭《かぶり》を振った。

「鉄砲は持って行ったのか？」

「へいッ」

（撃ったのは竹万かも知れん。ま、多分そうだら。こりゃ、人狩りになるなァ）

追うなら一刻でも早い方がいい。茂兵衛は空を見上げた。太陽はやや西の空に傾きかけている。季節は冬だ。もう二刻（約四時間）もすれば陽は暮れよう。夜になれば暗い山中での追跡は難しい。

「おい、小頭の服部直次郎《はっとりなおじろう》を呼べ」

と、辰蔵に小声で命じた。

（服部は伊賀の山育ちだ。追跡には適任だろう。指揮は士分に執らせたいな……ま、行きがかり上は小六だろうな。喧嘩の仲裁をしとったからな。ええ経験になるがね）

瞬時に腹を固め、てきぱきと命じた。

小六と服部が、十名の鉄砲足軽を率いて駆け去ると、茂兵衛は左馬之助と辰蔵に指揮を委ね、駿府城《すんぶじょう》に百人組を帰した。もちろん、野見辰五郎の遺体も一緒に帰した。茂兵衛自身は、植田家家来の五人と、野見が残した九名の鉄砲足軽と共にその場に残り、小六の帰りを待つことにした。

「仁吉、寒い。皆で当たれるように大きく火を焚《た》け」

「ははッ」

暖も取れるし、煙が上がっていれば、小六たちが戻るときの目印にもなろう。

「竹万はどこの出だ？」

「確か、遠州《えんしゅう》の浅羽《あさば》とかゆう土地ですわ」

「ほう、浅羽ねェ……」

茂兵衛とは因縁のある綾女《あやめ》の元亭主は浅羽の出だ。名は浅羽小三郎《こさぶろう》。土地の小領主の三男坊で、榊原康政《さかきばらやすまさ》の隊に寄騎していた。あまり愉快な記憶ではないが、細部までよく覚えている。

仲間の足軽たちがポツポツと語るところによれば、以前から竹万は、短気で喧嘩っ早い性質であったそうな。今回も鹿松と些細なことで諍い、摑み合いになった。小頭の野見と寄騎の小六が介入し、普段から竹万に手を焼いていた野見は、彼を強《したた》か殴ったそうな。

「それで恨んで野見を撃ったと？」

「多分……へい」

焚火を囲んで膝を抱える九人の鉄砲足軽が一斉に頷いた。

（まぁ、ええわ。小六には「殺さず、生きたまま連れて戻れ」と命じとる。竹万を締め上げれば分かることだがや）

しかし、竹万が戻ることはなかった。陽が暮れた後、疲れ果て、具足を泥だらけにした小六の追跡隊が、手ぶらで戻ってきたのだ。

「申しわけございません」

小六は頭を下げたが、心底から「申しわけない」と感じている風には見えなかった。むしろ、七人いる寄騎の中で自分が、足軽の喧嘩に関わったことの不運を嘆いているようだ。小六は、一挺の六匁筒を茂兵衛に差し出した。

「これは？」

「山道に落ちておりました。おそらく竹万が置いていったものかと」

「なぜ、置いていった？」

「さあ、逃げるのに重かったのでは？」

茂兵衛から問われ、肩をすくめながら答えた。

「なるほど……きっとそうだら」

と、甥には答えたが本心ではない。竹万は十八歳だという。実戦経験はない。生まれて初めて人を殺した。自分が撃った弾が、上役の腹を吹き飛ばし、臓物をぶちまけたのだ。彼は凄惨な死を目の当たりにした。罪を犯した得物をそのまま持っているのが怖かった——あるいは、辛かったのではあるまいか。ただ、そのことを伝えても、今の小六には理解も共感もできまい。言うだけ無駄だ。

（ま、いつか、このたァけにも分かることだろうよォ）

二十日の月はすでに伊豆《いず》の山の端を離れ、東の空高くに浮かんでいた。茂兵衛は楕円の月を眺めながら、深い嘆息を漏らした。

三

天正《てんしょう》十五年（一五八七）一月。秀吉自身が二十万の大軍を率い、九州への侵攻を開始した。前年から始まっていた九州征伐だが、いよいよ主力が乗り込むことになったのだ。以降、西国の地で、秀吉勢は島津《しまづ》相手に大立ち回りを演じることになる。ただ、九州征伐に徳川家は参陣せずに済んだ。言わば蚊帳《かや》の外。

「ワシが留守の間、北条《ほうじょう》や伊達《だて》への備えは、徳川殿にまかせた。よろしゅうお頼み申しまする」

そう言い残して秀吉は西国へと旅立った。見ようによっては、これは危うい判断だ。あたかも猫に魚の番をさせるようなものであろう。徳川が、北条や伊達と組んで反旗を翻《ひるがえ》せば、秀吉軍は九州と関東の二正面作戦を強《し》いられることになる。北条家当主の氏直《うじなお》は家康の娘婿だし、北条の秀吉嫌いは有名だ。現在旭日が昇る勢いの伊達政宗《まさむね》は、秀吉が奥州《おうしゅう》に惣無事令を出し、現状が固定化することを快く思っていない。三家の領地を合算すれば、五百万石に近く、動員兵力は十二万人以上だ。戦となれば、戦国一、二を争う強者と称される徳川の三河衆と旧武田《たけだ》衆が先鋒として突っ込んでくることになる。秀吉の寄り合い所帯の軍勢は蹴散らされるに違いない。徳川、北条、伊達の三家連合には、対秀吉で結束する動機と互角以上に戦える実力があったのだ。

「ただ、伊達は動けませんでしょうな」

駿府城の本丸御殿、家康の書院で本多正信が呟いた。上座の家康は脇息を体の前に持ってきて、もたれかかって瞑目し、寵臣本多平八郎と軍師本多正信の議論を黙って聞いていた。茂兵衛も下座に控えてはいたが、下手に意見を求められるのが怖い。嫌だ。必死に気配を消そうとして、身を小さくしている。平八郎に与《くみ》すると正信から「阿呆の仲間」と軽蔑されそうだし、正信に与すると平八郎は「裏切者」と激昂するだろう。そして家康が最も性質《たち》が悪い。常に茂兵衛を出汁《だし》に使い、自説をごり押しする道具として利用すべく狙っている。家康にとって評定の場における茂兵衛は、蓋《けだ》し、当て馬であった。

「伊達領の南には葦名《あしな》、北には最上《もがみ》……父親の仇《かたき》でもある畠山《はたけやま》は、ようやく昨年排除したが、まだ佐竹《さたけ》が控えとる」

老練な軍師が続けた。

「しかも彼らは、自力では伊達に敵《かな》わぬと秀吉に接近しておる。伊達が少しでも動けば、佐竹らは即刻秀吉側に立って兵を起こしましょうぞ。それが分かっているだけに、伊達は動きませぬ。や、動けませぬ」

もし家康が秀吉に反旗を翻すとしても、単独で戦うのは難しい。せめて北条と伊達と同盟を結ばねば戦にならない。しかし、北条は老大国で動きが鈍く、伊達は伊達で四方を仇敵に囲まれて身動きが取れず、両者とも頼りにはならない——

と、正信は三国同盟の不利を説いた。

「佐渡守《さどのかみ》殿の申されよう、合点が参らぬ」

と、いつでも主戦論の平八郎が、正信に異議を唱えた。正信は、昨年任官され正式に従五位下《じゅごいげ》佐渡守の官位を得ている。これは家康や正信自身が望んだものではない。関白秀吉が徳川の軍師の仕事をやり辛くするために、あえて朝廷に働きかけたのだ。秀吉の策は見事にはまり、正信が大坂との和平を説く毎に、平八郎たち主戦派は「ほれ、官位をもろうたから、佐渡守様が関白殿下に尻尾《しっぽ》をふっておられるがね」と牽制した。これには正信も閉口している。言いたいことも言えない。実は同時期に、平八郎も正信と同格の従五位下中務大夫《なかつかさたいふ》に任官されているのだが、そのことは、もちろん知らぬ顔の平八郎である。

「伊達が立つとなれば、北条と徳川、三家は一蓮托生にござる」

強気の中務大夫が続けた。

「となれば、葦名や佐竹は秀吉に同調した時点で、伊達と北条から挟撃され即座に滅びましょう」

「話が逆で、その伊達自身が、葦名と最上から挟撃されとるんですわ」

正信が反論した。

「西の上杉《うえすぎ》も必ずや秀吉側に付きましょう。北条と上杉は仇敵同士ですからな。上杉は我ら徳川とも仲が悪い。よって、伊達は四面楚歌に陥る」

「奴ら木っ端《こば》大名の縁《よすが》は、秀吉ただ一人にござる」

平八郎も退かない。

「その秀吉がおらん隙にワシが上方に押し出し、瞬時に大坂城を落としてみせる。さすれば上杉や葦名如きは、風を読んで鳴りを潜めますわい」

「ふん。あの巨大な城を、簡単に落とせますかな？」

「瞬時に落とせるわい……のう、茂兵衛？」

「はあ？」

急に名前が出て、茂兵衛は慌てた。

「城攻め名人の茂兵衛が、大坂城は見掛け倒し『すぐに落とせる』と確かに請け合いましてござる」

城攻め名人――城攻めも籠城にも数多《あまた》参陣したが、茂兵衛自身の采配で城を落としたことは一度もないし、また、そのような大言壮語をしたこともない。

「そうなのか？　瞬時に落とせるのか？　あの大坂城を？」

振り返った正信が、冷たい目で茂兵衛を睨んだ。

「め、滅相もございませぬ」

「おまん、ゆうたではねェか!?」

平八郎が声を荒らげ、これまた睨んできた。

（ま、参ったなァ）

なにか答えねば、殺されそうだ。

「それなりに弱点はございましょうが、すぐに落とせるかどうかまでは……」

「ほう。大坂城の弱点はどこだら？　聴きたいなァ。茂兵衛、ゆうてみりん」

今まで眠たそうに聞いていた家康が、にわかに活気づき、今や身を乗り出している。茂兵衛が恐れていたのはまさにこの展開だ。「茂兵衛の案でこうなった」「茂兵衛の言葉で殿は動かれた」と大広間《たまり》の界隈《かいわい》で言われるに決まっている。無論、家康の本心はすでに決まっているはずだ。自分が嫌われ者にならないために、茂兵衛を当て馬に使っているだけだ。いずれ自分は、主戦派からも和平派からも「君側《くんそく》の奸《かん》」のように思われるに違いない。万が一、自分が城下で闇討ちにでも遭ったら、すべて家康の所為《せい》だ。

「きょ、巨城の割にはチマチマと曲輪《くるわ》の数が多く」

主人から促されたので、口籠りながらも返答した。

「城内が分割されており、城兵の移動が妨げられるかと。また櫓《やぐら》の数が少ないのも弱点と申せましょう」

「つまり『すぐに落とせる』ということではねェか！」

平八郎が念を押した。頭から決めてかかり、異論は許さぬとの顔つきだ。

「すぐに落とせるのか？」

「す、すぐは難しかろうと思いまする」

「今一度申せ」

上座から家康が扇子の先で茂兵衛を指して命じた。

「す、す、す……」

舌がもつれる。

「ちゃんとゆうてみい！」

家康が吼《ほ》えた。

「すぐには難しかろうと思いまする」

「こらァ、茂兵衛！」

平八郎が激昂して腰を浮かせた。茂兵衛は平伏して畏れ入るばかりだ。

「もうええ、平八郎、もうええて……茂兵衛の考えはよう分かったがや」

と、家康が上座から嬉しそうにニッコリと笑った。

（駄目だ。これで俺が「大坂城を落とすのは難しい」と殿様の前で偉そうに喋ったことになっちまうんだわ。盛大に嫌われそうだら）

この場に呼ばれたときから、こうなることは分かっていたのだ。

（ま、これもお役目の内なのかもなァ）

茂兵衛は観念して、嘆息を漏らした。

「それに時期が悪い。我ら徳川は、秀吉との戦どころではござらん」

正信がさらに被せてきた。

「昨年五月には、旭姫《あさひ》様が殿に輿入れもされたしな」

「それは関係なかろう？」

平八郎が鼻で笑った。

「ワシはあるぞ。新たに迎えた妻が可愛ゆうてならん。一刻《いっとき》も離れとうない」

「嘘だわ。殿があの婆ァの閨《ねや》に通った話など聞いた試しがござらん」

「こら平八、無礼であろう。夫婦の仲は閨事ばかりではあるまい」

家康が色を成し、さすがの平八郎も慌てて平伏した。その瞬間、平伏した猛将の頭上で、家康が正信と目を見交わしてニタリと笑ったのだ。

（この性悪が……）

家康には端から、秀吉の九州征伐に乗じて事を構える気など一切ないのだ。

「昨年の六月以降、ここ駿府城への引越しが今も続いており、昨年暮れには備を改変、軍制の改革にも着手しております。まだ諸隊は新たな陣立てに不慣れ。今大戦《おおいくさ》をすれば徳川衆は実力を半分も出せない」

正信が両の掌《てのひら》を天井に向けた。

「ワシの隊は、もういつでもいける。準備万端整ってござる」

「茂兵衛の百人組はどうか?」

家康が訊ねた。

「それが……」

「こちらも準備万端整っておるようでござる」

平八郎が横から答えた。本当は準備などはまったく整っていない。三日前には足軽が小頭を撃ち殺し、逐電した。むしろ秩序崩壊の危機にさえある。

「整っておる割には、連日有度山に出張っておるようじゃのう」

正信が質《ただ》した。

「茂兵衛、戦の準備は整っておるのか、まだなのか、どちらか?」

またしても家康が身を乗り出した。平八郎も睨んでいる。

「いささか、遅れておりまする」

「糞ッ」

平八郎が舌打ちし、腕を組み、天井を見上げた。

「結局、我らは身動きがとれぬ……それを知った上で、秀吉めは大坂を留守にし、九州を攻めておるのでござるよ」

正信が話を締めた。

「ま、そういう傾向もなくはねェかも知れんのう……どうだら平八郎。今回ばかりは茂兵衛の提言に従い、大坂とは事を構えぬ方向で参りたく思うが。賛同してくれような？」

（どうして俺が、和平派の総帥みたいなことになっとるのか？）

「申したきことは数々ござれど、今回、茂兵衛がそこまで申すなら、その言葉に従おうかと存じまする」

腕を組んだまま平八郎が吐き捨てた。

上座では家康が、すこぶる上機嫌でニコニコと笑いながら、茂兵衛に向けて盛んに頷いていた。

「おい茂兵衛」

家康の書院を出たところで背後から呼び止められた。平八郎の低い声だ。

「ちょいと話そう。面《つら》ァ貸せや」

と、肩を怒らせて顎をしゃくった。怖い。評定で反目に回ったから、殴られるのかも知れない。

（ま、そうなったらそうなったで……ネチネチと皮肉を言われるより、一発食らった方が楽だわ。殴れば、後腐れのないお方だしな。ここは、腹を据えて殴られるとしよう）

広縁に囲まれた本丸御殿の中庭では、寒椿の大きな花が揺れていた。

「ま、座れや」

促されるまま、広縁に向きあって胡座《あぐら》をかいた。本日、天正十五年（一五八七）の一月二十三日は、新暦に直すと三月二日に当たる。春はもう少し先だ。吹きさらしはまだまだ寒い。

「おまんは、ワシが考えもなく、戦、戦、戦と猿のように主張しとるとでも思っとるのか？」

平八郎の吐く息が白い。

「猿なぞと……滅相な」

茂兵衛が、やはり白い息で答えた。

「これでもな、深慮遠謀《しんりょえんぼう》があるのよ」

グイと顔を近づけ、人差指で己が蟀谷《こめかみ》を数回叩いてみせた。

「し、深慮遠謀にございまするか……」

何故か一瞬「猿が空を舞う景色」が脳裏に浮かんで消えた。

「ええか。言わば伊達政宗と同じ心境よ」

「はあはあ」

「秀吉の野郎が天下を抑え、惣無事令とかを出すだろう。戦は無くなり、現在の領地線引きが確定するわな」

「ほおほお」

「おまん、知行は幾らだら？」

「九百貫（約千八百石）ほど頂戴しております」

「不満か？」

「まさか。過分に頂いており、満足しております」

「ワシもそうだがや。今後も五万石程度は貰えそうだし、不満はねェ。そこは百三十万石の殿様も同じお気持ちよ。殿様、ワシ、茂兵衛は惣無事令でも構やしないわけさ」

「へいへい」

「でもよォ。おまんの配下の寄騎たちはどうだら？　誰もせいぜいが百貫、二百貫の分際だろうよ」

「確かに」

左馬之助の知行は百五十貫（約三百石）で、辰蔵のそれは百貫（約二百石）である。取り分が四公六民だとすれば、左馬之助の年収は百二十石（約千二百万円）で、辰蔵は八十石（約八百万円）だ。ただ、騎乗の身分となれば、馬を飼わねばならぬし、奉公人も召し抱えねばねらない。侍としての体面を保つなら、左馬之助は六人、辰蔵も四人の従者が必要だ。決して暮らしが楽だとは思えない。

「それでも今までは夢があったのよ。戦で武功を挙げれば加増が見込める。腕と運があれば、百貫が二百貫に、二百貫が千貫にもなれたんだわ。でも、惣無事令が出ると夢は消しとんじまう。嬶ァ《かかあ》が産んだ娘が別嬪《べっぴん》で、殿様の妾《めかけ》にでもならない限り、大きな加増は望めねェ。未来永劫、百貫、五十貫のままよ」

「なるほど」

よく腑に落ちた。

左馬之助や辰蔵のような微禄の侍たち、徒武者や足軽たちの心境は、上り調子で「これから」というときに「惣無事令など出されては堪らん」と考える伊達政宗と同じだと平八郎は言うのだ。

「おまんが評定の席で、殿様に踊らされて非戦を説くのはええよ。もう慣れて腹も立たん。ただ、それをそのまま配下の者に告げちゃならねェぞ。おまん、奴らから反感を持たれるがね。分かるか？」

「はい、よう分かります」

自分は大身だから、九百貫だから、気楽に平和を説いている——そう受け取られると一大事だ。出世の望みを逸し、微禄に甘んじざるを得ない配下の寄騎や小頭たちが反発し、それが上役への反抗という形で表れるかも知れない。平八郎は、茂兵衛の身を案じて忠告してくれているのだ。今日に限って平八郎の顔が、菩薩《ぼさつ》か賢者のようにも見えた。


天正十五年五月八日。島津家当主の義久《よしひさ》が、秀吉に降伏した。剃髪し、名を「龍伯」と改めての神妙な出頭に、秀吉は義久を赦《ゆる》した。ここを目途として、秀吉の九州征伐は、ほぼ完遂された。九州の地から銃声が消えた。

四

茂兵衛は家康から呼び出しを受けた。
梅雨《つゆ》も明け、いよいよ夏も本番である。蟬時雨《せみしぐれ》の中、仁吉一人を供に連れ、本丸御殿への道をゆっくりと歩いた。すれ違う者の多くは、道を譲り、立ち止まって茂兵衛に礼を送る。思えば随分と偉くなったものだ。それでも侍大将に推されると、あちこちから故障が入る。事程左様に人の世は世知辛い。百姓の出なら
「足軽を指揮しておれば丁度ええ」とでも言われているようで――や、ハッキリそう言われているのだ。侍を指揮する侍大将に不適格だとされたのだから――腹が立ち、茂兵衛の足音は少しだけ大きくなった。
家康の書院には、正信と太刀持《たちもち》の小姓がいるだけだった。平八郎の姿はなく、茂兵衛は内心でホッとした。先日は菩薩にも賢者にも見えた平八郎だ。そして今も昔も決して嫌いではないし、大恩人であることにも変わりはないのだが、どうにも政治的な立場が大きく異なり、特に主人家康の前で彼と同席するのは、些《いささ》か気が重かった。

「五年前、武田征伐に先んじて、おまん、下山《しもやま》の穴山《あなやま》氏館《しやかた》から梅雪《ばいせつ》殿の妻子を救い出したのを覚えとるか？」

家康が扇子で涼を取りながら、感情の籠らない声で質した。今年で四十五になる肥満した主人には、夏の暑さが堪えるようだ。

「もちろん、覚えておりまする」

行方不明だった綾女が、いつの間にか梅雪夫人の侍女に収まっており、仰天したものだ。その後は、驚天動地の事態が相つぎ、やることはやり——結果、今年の正月で松之助は五歳になった。

「あの折の子な……勝千代《かつちよ》か。死んだぞ」

家康が淡々と伝えた。亡くなったのは、天正十五年（一五八七）六月七日だそうな。ほんの三日前のことだ。

「左様でございましたか」

勝千代は、その後元服して穴山信治《のぶはる》と名乗っていた。享年十六。子は無く、甲斐《か》源氏《いげんじ》の名門、穴山氏は彼を最後に途絶えることになる。

「ただ、途絶えるのは如何《いか》にも惜しい。穴山家は名家だからのう」

「御意ッ」

今は穴山家の家老を務めている朋輩《ほうばい》の有泉大学助《ありいずみだいがくのすけ》が、主人に死なれ、呆然とする様子が脳裏に浮かんだ。伊賀越《いがご》えの際には、先代の梅雪にも死なれているし、つくづく主人に恵まれない男だ。

「ワシの側室に、梅雪殿の養女がおってな。その於都摩《おつま》という女子《おなご》が産んだ子が一人おるのよ。万千代丸《まんちよまる》じゃ。あまり顔を合わせたこともねェが、今年の正月で確か五歳だがや」

（五歳……うちの松之助と同じ歳か）

「この子は形の上では梅雪殿の孫にあたるわけだ。死んだ信治から見れば、血縁こそねェが、甥叔父の関係だがや。今現在は、母親とともに江尻城内に住んでおる。もし穴山家を継がせるのなら、この者しかねェと思うのだが……茂兵衛、おまん、どう思う？」

「よい思案だと思われまする」

とりあえず平伏した。有泉大学助たちも、無継子改易の憂き目に遭うよりは、よほどましだろう。

「それに……」

傍らから正信が話に割って入ってきた。

「於都摩様の御実父は、秋山虎康《あきやまとらやす》殿と申されてな……秋山家は甲斐源氏の名流の一つじゃ」

茂兵衛も遠江《とおとうみ》の山中で、秋山氏の定紋である三階菱の幟旗《のぼりばた》を見たことがある。

「甲斐源氏の血が流れ、形の上とはいえ穴山梅雪様の孫、前当主信治様の甥であれば、万千代丸様が穴山氏を継がれるのに不都合はないはずだ」

「確かに」

茂兵衛は正信に頷いた。

しかし、どこにも臍曲《へそま》がりはいる。今回も穴山家内部には異論があり――

「結局のところ、家康様のお子が穴山家を継がれるのか……徳川に乗っ取られるようなものだな」

と、捻くれているらしい。

「口さがない声は黙殺し、ことを淡々と進めるのも一手ではあるが……」

家康が話を引き取った。

「なにせ、この御時世じゃ。万が一、その臍曲がりが秀吉と誼《よしみ》を通じると怖い。厄介じゃ。そこでおまんと、おまんの鉄砲百人組の出番となるのよ。異論を封じ、一気に片を付けたい」

「それがし、如何《いかが》致しましょうか？」

「うむ。おまんはな……」

家康が身を乗り出し、声を潜めた。自然、茂兵衛も前屈みになった。


「え、江尻城にいくのか？」

辰蔵が顔色を変えた。

本丸から戻ると、茂兵衛は屋敷に義弟を呼び、二人して夕方から酒を飲むことにした。ま、暑気払いなのだが、一応は職務上の予定も伝え、段取りを共有しておきたかった。もちろん、筆頭寄騎の左馬之助にも声をかけたのだが、京育ちのやんごとなき奥方が臨月を迎えており「遠慮したい」との返事だった。結果、義理の兄弟二人で飲んでいる。

「ほうだら。見性院《けんしょういん》様にお目通りする」

「そ、そりゃいかん。無茶やがな」

辰蔵が土器《かわらけ》を膳に置き、声を荒らげた。

「なにが無茶だよ。辰、どうした？　別に穴山家と戦をするわけではねェぞ」

「あ、当たり前だわ。穴山はお味方だがや」

「おまん、江尻が絡むと人が変わったようになるな」

二年前には、綾女の墓がある江尻城下の寺の前で、綾女の幽霊を見たと言っては騒ぎ、馬の尻を叩いた。危うく茂兵衛は落馬しかけたものだ。

「おまんこそ……」

そう言うと辰蔵は周囲を窺い、声を潜めた。

「綾女殿が絡むと、正気ではおられんくせに」

「綾女殿はもうおらんのだ。死んだ女の話はもうええ」

「おう、ようゆうた。今後もその伝で行って欲しいわ。ちいとばかし綾女殿に似た女子《おなご》がおる度に、頭を叩かれては堪らんからのう」

辰蔵が顔を寄せ、憎々しげに毒づいた。

「そもそもどうして、おまんのような野人が、見性院様にお目にかかる？　なんの用事がある？」

「そりゃ、家康公の御命令だがや」

「殿様の命令？」

辰蔵は刮目《かつもく》し、土器を再び取って口に運んだ。

家康の目的は、明らかだ。穴山衆の懐柔である。我が子、万千代丸に跡目を継がせることを、穴山衆に認めて欲しいのだ。そのために、家康は秘策を用意した。

　見性院だ。

　万千代丸は家康の倅《せがれ》ではあるが、同時に形式上は穴山梅雪の孫である。また、母方が秋山氏の出であり、甲斐源氏の血を引いていることも確かだ。それに加えて家康は、梅雪の未亡人であり、武田信玄の娘でもある見性院に、万千代丸の養母となってもらうことにしたのだ。

「ほう、養母とな」

「ほうだがや。殿様は、万千代丸様を見性院様の御養子に差し出すおつもりなんだわ」

　養祖父が甲斐源氏、生母も甲斐源氏、さらに養母が、穴山衆が神の如くに畏れ敬う武田信玄《しんげん》の実娘とくれば、穴山衆の中の臍曲がりたちも、さすがに文句は言えないだろう、と家康は考えた次第だ。

「見性院様に断られたら？」

　辰蔵がなおも食い下がった。

「断るもんか。跡継ぎ息子に死なれとるんだぞ。家康公の倅を養子に迎えられれば、見性院様と穴山家の将来は安泰だら」

「まあな。確かにな」

「さらに、俺の鉄砲隊が江尻城下に放列を敷く。異論を唱える者も口を閉じて、下を向くはずだがね」

まさに、理と利をもって説き、武をもって脅す。和戦両様。飴と鞭、脅したりすかしたり——如何にも家康らしいやり方ではないか。

「そこまで殿様が考えておられるなら、今さら是非もねェが……おまんは、見性院様に会うのであって、まさか万千代丸様には、会わねェだろうな」

「会うよ。そら会うだろうよ。会わんでどうする。於都摩の方様にも御挨拶するさ。駿府に帰って殿様に復命できねェだろうが」

「さ、最悪だ……」

辰蔵は、ブツブツと独言した後、茂兵衛を指さして声を張った。

「ただ茂兵衛、一つだけゆうておくぞ」

「おう、なんら？」

「どうなっても俺は知らんからな」

「辰、おまん、なにをゆうとるのか？」

「手前《てめ》ェの尻は手前ェで拭けとゆうとるだけだら。俺に頼るな。断じて俺の所為じゃねェ！」

「なにがよ？」

「森羅万象のすべてがじゃ！」

そう叫んだきり辰蔵は押し黙り、俯いてしまった。

（こいつ、酔うとるのか？　ゆうとることがまったく見えんぞ）

話の内容こそ見えないが、現在の辰蔵が逃げ腰になっていることだけは確かなようだ。辰蔵は何から逃げようとしているのだろうか。なにを恐れているのだろう。江尻に関係があることのようだが——はたして？

やがて辰蔵が顔を上げた。泣きそうな顔だ。

「な、茂兵衛よ」

蚊の鳴くような細い声である。

「今さらだとは思うが、江尻に行くのは止めにしとかねェか？」

「たァけ。主命だがや。家康公から直々に言われたことだわ。断れるかいな」

「だよな」

義弟が遠くを見つめ、土器の酒を呷《あお》った。その目が潤んでいる。

「辰、おまん……な、泣いとるのか？」

「切なくてなァ」

と、涙を拭い、洟《はな》をすすり上げた。

「妙な奴だ。泣いてる場合ではねェぞ。明後日には百人組は江尻に向けて出発する。手配は大丈夫か？」

「ふん。江尻なんぞは、そう遠くはねェ。道はまっ平。敵襲の恐れもねェ。片道一里（約四キロ）の有度山を毎日のように往復しとるうちの足軽たちなら、さほどの手配は要らん。今夜にでも発《た》てるわ」

「それは、頼もしいな」

辰蔵はさらに涙を拭い、土器の酒を呷った。

「まったく……人生、儘《まま》ならねェものよなァ」

「だから、なにが？」

「なんでもねェよ」

「なんでもねェって……」

茂兵衛には最後まで、義弟の真意を把握することができなかった。

五

江尻城は、駿府城から北東へ二里半（約十キロ）、駿河湾に注ぐ巴川《ともえがわ》左岸に聳《そび》えていた。平城だが、巴川の水を引き込んだ三重の堀、二の丸には三ヶ所の丸馬出《まるうまだし》が設《しつら》えてあり、舐めて攻めかかると大火傷《おおやけど》をする。

巴川は、近傍の安部川や富士川《ふじがわ》ほどの大河ではないが、それでも江尻城の付近では、川幅が半町（約五十五メートル）を超える。荷船が駿河湾と城を行き来するので水深もあり、渡河には難渋しそうだ。川船を使うにも、三百人の大所帯では手間と時間と銭がかかり過ぎる。

「江尻城から半里（約二キロ）ほど北に遡《さかのぼ》れば、浅瀬がございます」

この界隈出身の小頭が一人おり、茂兵衛は彼の言葉に従って、上流へと大きく迂回することにした。

川は蛇行し、ほぼ西から東へと流れる場所で、川面《かわも》が白く泡立って見えた。

「左馬之助、あの浅瀬だ。槍足軽十人連れて渡ってみろ」

「承知ッ」

本日未明に、三人目の男児を授かった左馬之助は気合が入っている。母子ともに健康とのことで、まずは祝着だ。

「辰蔵、二十人で放列を敷いて援護せい」

「……し、承知」

一方、二番寄騎の辰蔵の方は元気がない。

一昨日の酒の席からズッと気鬱を引き摺っている印象である。気鬱の原因が何なのか、幾度訊いても辰蔵は語らない。

鉄砲二十挺の放列を敷く——渡河中はさしもの鉄砲隊も無防備になる。敵伏兵の奇襲に備えて防御を固めておくのが心得だ。渡河し終わった左馬之助も、すぐに対岸で槍衾《やりぶすま》を敷いてくれるだろう。ま、徳川領の真ん中での敵襲は心配のし過ぎだろうが、経験の浅い足軽や小頭たちには格好の訓練の場ともなる。

「ほれッ。先頭から順に川へ入れ」

暑い盛りで、水の冷たさはむしろ心地よい。足軽たちは躊躇《ためら》うことなく、川に足を踏み入れた。

「おいこら、鉄砲を濡らすなよ」

川に足を踏み入れようとする配下の鉄砲足軽たちを、小頭の服部直次郎がどやしつけた。

「頭の上にさし上げろ。火薬入れや胴乱《どうらん》の栓を確認せい」

十人の足軽たちは、素直に己が装具を触って点検した。

（ハハハ、統制が取れとる。服部の奴、足軽たちをよう掌握しとるわ）

良い小頭に率いられた足軽は命令に従順だ。良い寄騎に率いられると足軽たちは率先して動くようになる。そして、良い組頭に率いられると隊に忠誠心を持つようになるものだ。

「お頭、後方から騎馬武者一騎が追い付いて参ります」

最後尾を進んでいた植田小六が声を張った。振り返り、小手をかざして眺めれば、かなり急いでいる様子だ。鞍上の侍は甲冑《かっちゅう》を着けていない。羽織が風をはらんで膨れ、被った菅笠《すげがさ》が千切れるほどに揺れている。

（誰だ？）

馬はどんどん近づく。鞍上の侍のひょろ長い体軀に見覚えがあった。

「あれは、乙部《おとべ》だら」

乙部八兵衛《はちべえ》と茂兵衛は、これまた付き合いが長い。共に三河の野場城《のばじょう》で籠城戦を戦った仲だ。一応は朋輩との立ち位置だが、どうにも信用できないところがある。今は、その抜け目のなさ、調子の良さ、あくどさを買われ、隠密の元締めとして家康に仕えている。

「なに、乙部様？」

俯《うつむ》いていた辰蔵が俄《にわか》に顔を上げ、後方に乙部の姿を認めると、無言で鐙を蹴り、乙部に向かって走りだした。

（なんだ？　辰の野郎）

茂兵衛は心中で舌打ちした。

（俺に断りもなく持ち場を離れやがった。心ここに非《あら》ずの体だわ。一度、きつく言ってやらにャあならんなァ）

辰蔵は隊列の後方で乙部と鉢合わせ、互いに馬を寄せて言葉を交わしているようだ。内容までは聞こえない。やがて乙部は、辰蔵と別れて馬を巴川に乗り入れた。流れを渡りきると、茂兵衛には一瞥《いちべつ》もくれずに、江尻城の方向へと慌てた様子で走り去ったのだ。

（あれ……俺には挨拶もなしかい？　手ぐらい振ってもよさそうなもんだ）

一方の辰蔵は、トコトコとのんびりこちらへ戻ってきた。表情が柔和に変わっている。明らかに気鬱は寛解《かんかい》したようだ。

「こら辰蔵、おまん、乙部は苦手じゃなかったのか？」

「御冗談でしょう。立派な方だと思いまする」

周囲に人がいるので、辰蔵は敬語で答えた。

「嘘つけ。大嫌いだ、信用が置けんとゆうとったやないか」

「そ、そうでしたっけ？」

困惑した様子の辰蔵が馬を寄せ、茂兵衛に囁《ささや》いた。

「宗旨替えしましたから」

「いつ？」

「お頭が上田で……ほら、お亡くなりになったとき」

「俺ァ死んでねェわ」

「や、ま、兎《と》に角《かく》あの折ですわ。お頭のこと、植田家のこと、俺らのことまで親身になって心配してくれたのは乙部様ですから」

「へえ、そうだったんかい」

初耳である。

（そうならそうで、言えよ辰蔵……このドたァけが）

辰蔵なりに、今まで乙部のことをボロクソに言っていただけに、急な宗旨替えを言い出しづらかったのかも知れない。

そう言えば、戸石城での虜囚暮らしから解放され、上田から浜松《はままつ》へ戻る途中、乙部と偶然に野辺山《のべやま》の辺りですれ違い、短く言葉を交わした。あの折も、茂兵衛の身体を気遣ってくれていた。「しばらく骨休みしろ」との温かい言葉が身に染みたことを覚えている。現に今も、最前まで落ち込んでいた辰蔵が、乙部と言葉を交わしただけで、明らかに元気を取り戻したではないか。

(野郎は、薬師如来か?)

茂兵衛は内心で苦笑した。

(宗旨替えをしたのは辰蔵ではなく、むしろ乙部の方かも知れん。元々は嘘とハッタリと裏切りだけの下衆野郎だったんだァ)

二十四年前、吉田《よしだ》から岡崎《おかざき》へ抜ける山間《やまあい》の道で、乙部に殴られ、父の形見の槍を奪われたことを思い出した。乙部は茂兵衛より、確か七つか八つ年長のはずだ。五十歳に近づき、心境の変化でもあったのだろうか。それとも、人の成長とは、こういうことを指すのだろうか。

「乙部となにを話した?」

「や、ま、四方山《よもやま》話ですがね?」

「どんな？　たとえば？」

「て、天気の話とか」

「嘘つけッ。天気の話ぐらいで、おまんの気鬱は晴れるのか？　なんなら今後は四六時中天気の話ばっかりしてやるぞ」

「四六時中って……そんな極端な」

辰蔵は嫌そうな顔をして、また俯き、だんまりを決め込んだ。

周囲の森では蟬たちが、ここを先途と鳴き交わしている。暑い最中、三百人の男たちは、歓声と悲鳴と水飛沫《みずしぶき》を盛大に上げながら浅瀬を渡り切った。


百人組は江尻城の北、大手門を入ってすぐの二の丸に露営することになった。

茂兵衛はすぐにも登城し、見性院なり、万千代丸なりに会いたいと思ったが、辰蔵は強硬に、綾女の墓参りを先に済ますべきだと主張した。

「なんでだよ？『なま物』優先でいこうや」

この場合、茂兵衛の言う「なま物」とは、生きている人物を指す。具体的には見性院や万千代丸、於都摩の方であろう。対して、墓の中の綾女は「非なま物」との認識である。

「や、悲しみますから」

「誰が？」

「綾女殿が」

「……な」

ここで辰蔵は一歩、茂兵衛に近寄り、怖い目で下から睨み上げた。ちなみに、大男の茂兵衛と小柄な辰蔵は、七寸（約二十一センチ）ほどもの身長差がある。

「おい、綾女殿は、おまんの種を宿した結果、亡くなったのではねェのか？」

辰蔵が恫喝《どうかつ》してきた。

どうしても「譲れない」との気迫が辰蔵の目にみなぎり、茂兵衛は圧倒され、押し切られた。

（辰蔵の野郎、凄《すげ》ェ迫力だ……どうなってんだ？）

百人組を二の丸に駐屯させ、元気一杯な左馬之助に指揮を委ね、気鬱の辰蔵と供の仁吉のみを連れて、城の南にある妙泉寺《みょうせんじ》を訪れた。

妙泉寺——穴山梅雪の血縁者が開山したという日蓮宗の寺である。ここの境内に、綾女の小さな墓はあった。墓といっても、この時代だ。墓石の下に遺体や遺骨は埋葬されていない。大名、公家、高位の武士は別にして、庶民の骸《むくろ》は共同の埋葬場所に埋葬された。墓石などはなく、土をこんもり盛る程度の、言わば「塚」あるいは「土饅頭《どまんじゆう》」である。

綾女の場合は、見性院の側近ということで、墓石の代わりに、小さな半浮彫《はんうきぼり》の石仏が境内の隅に立てられていた。

（ナンマンダブ、ナンマンダブ、どうか成仏して下さい）

茂兵衛は合掌し、綾女の霊の浄仏を願って称名した。信仰心など微塵もないが、それでも若い頃から聞き覚えた念仏をついつい唱えてしまう。

（あんたが産んでくれた松之助は賢い性質《たち》で、面も大層男前だ。今でこそ辰蔵とタキの夫婦に育てて貰っているが、将来的には俺も無責任な態度はとらねェつもりよ。どうかあの世から見守っていて下さい。ナンマンダブ、ナンマンダブ）

墓参を済ませ、そそくさと本丸へと取って返すと、懐かしい顔が待っていた。

穴山家の家老を務める有泉大学助だ。

「茂兵衛殿、元気でおられたか！」

「大学助殿、天正十年以来、五年ぶりかのう！」

本当は五年ぶりではない。二年前の天正十三年の四月、件《くだん》の上田攻めの前に江尻に滞在したことがあるのだ。あの折、有泉以下の穴山衆は、誰も茂兵衛に会おうとしなかった。むしろ避けている印象だった。最初は「嫌われたのか」とも思ったが、甲府に向かって江尻城の城門を出る折には、一同うち揃って並び、満面の笑みで見送ってくれたものだ。

(妙な具合だからのう)

三年前は、有泉の方で色々と都合が悪かったのだろうと忖度《そんたく》し、敢えて「五年ぶり」と呼びかけた次第である。有泉の方も、殊更に「三年ぶりであろうよ」と訂正することはなかった。

有泉の本丸内の執務室で二人きりで話した。

茂兵衛としては、見性院や万千代丸、於都摩の方に会う前に、穴山衆の意向、真意などを聞いておきたかったのだ。事と次第によっては、鉄砲百人組の出番ともなりかねない。

「や、むしろ万千代丸君が跡目を継がれることは、至極当然のことと家内では受け止められておりまする」

「では、万千代丸君が家康公のお種であることにつき、穴山衆の中で異論はないということでござるか?」

「や、むしろ無継子改易の方が困りまする。牢人は懲《こ》り懲《ご》りですわ。当家の中で異論など聞いたことがない。あれば貴公に耳打ち致しまする」

意外な有泉の言葉に、茂兵衛は拍子抜けした。わざわざ鉄砲隊を押し出して、恫喝まがいをするまでもなかったようだ。

「見性院様の御意向は？」

「同じ甲斐源氏の血縁が穴山家を継ぐと聞かれ、大層喜んでおられます」

彼女は、万千代丸の養母となることも承知しているそうな。

（なんだ。殿様の取り越し苦労かよ。そりゃ筋目も大事だが、見性院や穴山衆も、結局のところ手前ェ《てめ》の身が一番可愛いんだ。長い物には巻かれるさ）

有泉の純朴そうな笑顔に向かって深く頷きながら、茂兵衛はそんなことを考えていた。

六

庭に面した長い広縁を歩いてきた乙部八兵衛は、書院に入ろうとして足を止め、障子の陰で息を整えた。激昂した人物を落ち着かせ、説得するのは、流石《さすが》の乙部にも難事である。

(ああ、参ったァ。茂兵衛の野郎、面倒ばかりかけやがってェ。それでいて奴はなにも知らずにのうのうと生きてやがる。不条理な話さ)

心中で愚痴を零しつつ、書院へ足を踏み入れた。

上座に座った万千代丸が、乙部を睨んだ。

「なぜ、紅葉《もみじ》が一緒ではいけないのか?」

五歳になる家康の五男が、乙部を厳しく問い詰めた。

「万千代丸殿……」

背後に控える尼僧姿の見性院が、少年を窘《たしな》めた。

見性院は今年三十二歳。武田信玄の娘である。母親は信玄正室の三条之方《さんじようのかた》。穴山梅雪に嫁《か》し、嫡男信治(幼名・勝千代)を産んだが、彼はこの六月七日に十六歳で亡くなってしまった。

「家康公の御使者は、植田茂兵衛殿と申される古今無双の勇士じゃ。『乳母がおらねばなにもできぬ幼子《おさなご》』と笑われても宜しいのですか?」

「でも、茂兵衛殿のことは紅葉から幾度も聞いているから……」

「ウホン、モホン」

乙部が咳真似をして、万千代丸の言葉を遮《さえぎ》った。少年は驚いた様子で口を閉じ、大きな目を見開いて乙部を見た。一座に気まずい沈黙が流れた。

「万千代丸殿、堂々としておればよい。胸を張り、背筋を伸ばして、甲斐源氏と五ヶ国の太守、徳川家康公の血を引く立派な男子であることをお示しなされ」

と、見性院が少年の肩に手を置き、穏かに語りかけた。

（それにしても……見性院様は、わずか五日前に御子を亡くされたばかりには見えない。この落ち着きようはもの凄い。親父が武田信玄で、お袋は京の公家か……ま、ワシらとは、大きく違う心根をお持ちなんだろうさ。常人の物差しでは測れないなァ）

乙部は心中で感心した。

「植田茂兵衛様、お越しになりました」

広縁に控えた小姓が、客の到来を告げた。

「万千代丸様、くれぐれも紅葉のことは……」

乙部は人差指を己が唇に当て、小さく頷いてみせた。

「紅葉が悲しみますゆえに」

「わ、分かった」

少年が答えた。

そこへノッソリと大男が姿を現した。

大男は、乙部が同席しているのに気づくと、一瞬背筋を伸ばし、明らかに驚いた様子で、目を幾度か瞬《しばたた》かせた。心中で「なんで、おまんがそこにおるの？」と呟いているのが手に取るように分かる。

（たァけが……相変わらず糞デカいのう。能天気な面を見てると反吐《へど》が出るわ。鴨居に頭でもぶつけてしまえ）

ゴン。

「ううッ」

茂兵衛が月代《さかやき》の辺りを手で押さえ、畳に膝を突いた。

（ほ、本当にぶつけやがった……年々たァけが酷うなるなァ）

ところが、この件が思わぬ好影響を及ぼしたのだ。茂兵衛が鴨居に頭をぶつけたことで、緊張していた万千代丸が、手で口を押さえて笑いを堪え始めたのだ。これ見れば、見性院も俯き、口を袖で隠している。肩がヒクヒクと揺れている。これで一座の硬い雰囲気が一挙に解《ほぐ》れた。

（ああ、茂兵衛には、なんぞ守り神みたいなのが憑《つ》いとるのかも知れんなァ。頭をぶつけただけでガキと婆ァの心を捉えとるがね。しかも、こやつの場合は計略

じゃねェ。大真面目に素でやっとるわけだからなァ。神仏の加護があるのに間違いねェわなァ）

と、乙部は内心で感嘆の声をあげた。

「お、お初にお目にかかりまする。う、植田茂兵衛と申しまする」

月代の辺りをわずかに朱に染めた大男が、辛そうに平伏した。

「だ、大丈夫ですか？」

家康の五男が、笑顔で身を乗り出した。和《なご》んだ空気の中、会談は順調に進み、以降、笑い声が絶えることはなかった。

玄関まで茂兵衛を見送った乙部は、その足で本丸御殿内にある奥まった一室へと向かった。

「御免」

と断り、襖《ふすま》を開けると、打掛を着た奥女中風の女性が、こちらへ顔を向けた。美しい双眸《そうぼう》には険がある。憎しみが宿っている。

（まだ拗《こじ》らしとるのか。若い娘でもあるまいに……糞がッ）

乙部は嘆息しながらも、女の前に座り、小さく会釈した。

「どうして、御挨拶もできないのですか？」

「あんたは、死んだことになっとるからだがね」

「勝手なことを……」

　綾女が口惜しそうに呟いた。

「茂兵衛のたァけは、この城に来る前に、妙泉寺に寄ってきたそうだわ」

「嘘よ」

と、綾女は憎々しげに呟き、顔をそむけた。

「嘘なもんかい。こんなことで嘘は言わん。妙泉寺の和尚にでも寺男にでも訊いてみィ」

「………」

「茂兵衛が、あんたのことを今も大事に思っとる証《あかし》だがや」

綾女は俯き、指先で涙を拭った。見る限り、少し落ち着いたようだ。巴川の上流で、木戸辰蔵に「まずは妙泉寺に寄ってから城に来い」と助言しておいてよかった。

「茂兵衛様は、私を側室に迎えても良いと仰いました。奥方様と同等に慈《いつく》しんでくれると申されました」

「あんた、それを断ったんだら？」

「だ、だって……」

綾女は悔しそうに、形の良い唇を噛《か》んだ。

「や、だからな……あんたが、女の生き方として、側室の道を選ぶならそれもええよ。反対はしねェ。でもさ、あんた、あのたァけに惚れとるだろ？　そんな本気の女が側室に入ってきたら、正室さんと修羅場になるがね。で、茂兵衛は……あのたァけは、女二人の諍いを上手く裁けるような玉か？　正室と側室の両方に過不足なく笑顔を振りまける玉か？」

綾女は俯いたまま、小さく頭《かぶり》を振った。

「ほうだら……あんた自身、ようく分かっとるのさ。下手すりゃ野郎が壊れちまう。気鬱になっちまう。今や茂兵衛は、もう一歩で侍大将、上手くすりゃ万石取りの大名にだってなれるお人だ。茂兵衛の将来を、外ならぬ綾女殿が潰しちゃならないだろ？」

「それは……」

そう言ったきり、綾女は黙り込んでいたが、やがて深く頷いた。

「だから、あんたは死んだことにしといた方がええのよ」

五年前、浜松城で家康側室の於都摩が男子を産んだとき、家康は乙部を傍に呼び、小声で囁いたものだ。

「この子は江尻城で育てろ。穴山梅雪の孫としてな。そして同時に、徳川家康の子として育てるんや」

「と、申されまするると？」

「ええか、よう聞け……」

家康が、声を潜めて顔を近づけた。

甲斐源氏の名流秋山氏の出身である於都摩、御一門衆の穴山梅雪の養女である於都摩、彼女が産んだ男子――この子を「徳川と甲斐源氏の橋渡し役として育てよ」と家康は乙部に命じたのだ。

「橋渡し役にございまするか？」

「ほうだら」

家康は己が力の源泉を、忠節なる家臣団に求めている。同族意識が強い集団は、内向きの忠誠心が先鋭化され、死をも厭わぬ精強な軍隊になる。語弊はあろうが、隔絶された田舎、情報の少なさが人をそうさせるのだ。三河や甲斐の武士団がひと際強い所以《ゆえん》である。

甲斐の武士団は、今や徳川勢の中核を担ってはいるが、未だに武田家への帰属意識が残り、家康としては不安で仕方がないのだ。そこで、甲斐源氏の血を引く家康の子が、武田武士団の帰属意識を糾合できれば——と考えた。

万千代丸と名づけられたこの子を、徳川と甲斐源氏に等しく親和性を持った武将に育てるため、乙部は同じ頃に茂兵衛の子を出産し、乳が出る綾女を乳母に起用したのだ。綾女なら長く隠密として乙部の下で働いており気心が知れている。知恵も回り、命令には忠実だ。万千代丸の乳母には最適と思われた。十分な乳を確保するため、乙部は綾女から乳飲子を引き離し、辰蔵とタキの夫婦に委ねた。

そして今、思惑通り万千代丸は穴山家を継ぎ、同時に乳母の「紅葉」こと綾女を「母」とも思い深く懐いている。彼は乳母の口を通じ、如何に家康という人物が、偉大で慈悲深い英傑であるかを吹き込まれて育った。かくて現在の万千代丸は、甲斐源氏と徳川家の両方に、強い帰属意識を持っている。家康が望んだ通りだ。大成功なのである。

ただ綾女は、茂兵衛が絡むと正気を失くす。徳川の隠密であることを忘れ、普通の凡庸な女に舞い戻ってしまうのだ。

（とんでもねェわ）

乙部は、心中で吼えた。

(なんでも上手く行ってるんだ。ここで茂兵衛と綾女を会わせたらド偉いことにもなりかねん。綾女は、まともじゃねェんだわ)

現に、綾女は茂兵衛の消息ばかりを訊ね、己が腹を痛めた倅——辰蔵夫婦が養育している木戸松之助の消息を、乙部に訊ねようともしない。我が子より男——綾女の茂兵衛に対する想いは、母性を凌駕《りょうが》するほどに強いということではなかろうか。綾女は多くを語らないが、若い時分から相当な苦労を重ねてきたらしい。自分の人生の唯一の光明が「茂兵衛様だったのです」と一度だけ泣いた——哀れだとは思うが、綾女の心は病んでいるのだ。

(綾女は死んだんだ。そうしとけば、四方が丸く収まる。そもそもこれは、茂兵衛自身のためでもあるわけだしな)

乙部は茂兵衛を朋輩だと思っている。嘘はない。隠密の仕事に就く以前から、乙部に友はいなかった。その後、色々ないきさつがあり、茂兵衛と腐れ縁ができた。茂兵衛は陽の当たる場所を歩き、自分は日陰を歩く。陰と陽とで均衡がとれているのかも知れない。茂兵衛に自分の役目は務まらないし、自分には茂兵衛の真似はできない。

ただ、正直に言って、茂兵衛のためなら多少の犠牲は厭わないつもりだ。いつか木戸辰蔵に使って、とても嫌な顔をされた言葉が彼の脳裏に蘇った。

鬼手仏心《きしゅぶっしん》──乙部は、涙にくれる綾女を見ながら、深い溜息を漏らした。

徳川家に関して、天正十五年（一五八七）は、こうして事もなく静かに過ぎて行った。

第二章　惣無事令余波

一

「やっぱ、おかしいわ」

茂兵衛は、白羅紗《しろらしゃ》の陣羽織を示し、寿美に詰め寄った。

季節は移ろい、今は真冬だ。駿河国《するがのくに》は温暖な土地だが、居室の障子を閉め切り、火鉢に炭を入れてもまだ寒い。

トントントン。トントントン。

遠くから普請の音が響いてくる。天正《てんしょう》十三年（一五八五）に着工した駿府《すんぷ》城《じょう》は、もう八割方完成している。城郭としても政庁としても、十分使用に耐え得るが、まだ一部で普請は続いていた。茂兵衛が普請奉行の松平家忠《まつだいらいえただ》に訊ねたところ再来年の天正十七年頃まではかかるらしい。冬の寒さ、夏の灼熱の中、戸外で槌《つち》を振るう大工も大変だ。

「なにが？　なにがおかしいのです？」

繕い物をする手を止めずに、興味なさげに妻が訊き返した。茂兵衛が手にする陣羽織の左側面、腋の下の辺りには、仮名文字で赤い刺繍《ししゅう》が施されていた。「あやの」と読める。

「なんぼなんでも、これは、おかしいがね」

茂兵衛は「あやの」の刺繍を指先で叩いた。

「どこが？　貴方の娘の名ですよ」

「いやいやいや。百歩譲って『もへえ』なら分かるよ。これを着る俺の名だからな。手前《てめ》ェの持ち物に手前ェの名前を書く。ごく自然なこった。それが……どうして『あやの』なの？」

次の正月で七歳になる一人娘が、父の陣羽織に、戦場での無事を祈って刺繍を施してくれたそうな。それは嬉しいのだが、刺繍されたのが彼女自身の名前だったことで、茂兵衛としては若干の違和感を覚えた次第だ。

「この刺繍をしたのは『あやのだよ』との意味でしょう？　多分ね」

さらに、妻は続けた。

「綾乃はね。真剣に『弾が外れますように』と神仏に祈りながら、一針一針刺繍しましたのよ」

「自分の名をな」

「なにが気に食わないのですか？」

「このことだけではねェぞ。あの子は変だわ。もう半月もすれば七歳だろうに、俺のことをまだ『もへえ』と呼び捨てにしやがる」

「些細なことですよ。じきに直ります」

綾乃の変なところは、まだ他にもある。

「うちに来る若い衆に片っ端から惚れるのも困りもんだわ。見境なく『嫁になる』『夫婦《めおと》になる』を連発しとるではねェか」

「幼い娘には、有り勝ちなことです。私にも覚えがございます」

「いやいやいや、あいつの場合、度を超しておるのよ。俺が知っとるだけでも、五人だからな。善四郎様の御次男。左馬之助の長男……」

茂兵衛は指を折りながら数え上げた。

「最近では、こともあろうに松之助にまで触手を伸ばしおって……」

ここで茂兵衛は、身震いした。

「直近では丑松のとこの小六だわ。もう一人は……誰だっけ？」

「隣家の御次男、弥左右衛門《やそうえもん》殿」

「そうそう、出歯のガキだァ。どこがええのか？」

「大した秀才だそうですよ」

「出歯は駄目だ。出歯は助平で嘘つきと相場が決まっとる」

「いずれにしましても……」

寿美が、繕い物の手を止め、茂兵衛を睨んだ。

「あの子はまともです。決して妙な娘ではありませぬ」

「そうかなァ……俺ァ、不安だけどなァ」

「貴方ね」

寿美が、苛々と繕い物を膝に置き、茂兵衛を見上げた。

「この屋敷には、家族三人の他に、家宰の鎌田吉次以下、男女五十人ほどの奉公人が働いておりますが、あの子のことを『変だ』とか『変わり者だ』とか呼ばわって貶《けな》すのは、父親たる貴方お一人だけなのですからね」

「そうなの？」

「ええ、そうですとも。誰もが素直で、賢く、可憐で優しいお子柄と綾乃は大人気なのですから」

「嘘ォ……」

「嘘ではございません！」

きっぱりと言い切った。

その後、茂兵衛は一人トボトボと、自邸の中庭に面した広縁を歩いていた。吐く息が白い。茂兵衛の心境を映すような、どんよりと曇った冬の空からは、いつ雪が舞い降りてきても不思議はない。

（綾乃の奴、随分と評判がええようだなァ……つまりあの子が舐め腐っとるのは、父親である俺だけってことになる。あいつ、実は俺が底抜けのお人好しだってことを見抜いていやがるに違いねェ。ガキのくせに男の本性を見抜く末恐ろしい女《あま》だ。とんでもねェ性悪に育たねばええが、ナンマンダブ、ナンマンダブ）

と、心中で称名し、信仰心は微塵もないが阿弥陀仏に縋《すが》った。奇しくもそのとき、天から白いものが舞い降り始めた。大層冷え込んだ日で、降ればたんと積もりそうだ。

翌朝、駿府城本丸御殿の屋根にも雪は積もっていた。雪景色の中庭を見渡す書院で、太刀持《たちもち》の小姓以外は人払いをし、家康は「秀吉の惣無事令」について、軍師の本多正信と意見を交わしていた。

「島津義久は、まさか本当に関白自ら九州くんだりまでやって来るとは、思ってもみなかったのではねェかなァ」

家康は、手炙りの火桶を抱え込んでいる。丸まった背中が如何《いか》にも寒そうだ。

「御意ッ。さぞや驚いたことでしょうなァ」

正信が、主人の方に身を乗り出し、声を潜めて言った。

天正十五年（一五八七）十二月。秀吉は関東と奥羽に私闘の禁止を通知した。所謂《いわゆる》「惣無事令」である。

関白秀吉が、同年十月に天皇の意思として九州地方に——具体的には、秀吉に屈服しない島津義久への書簡という形式で——発令したものとほぼ同様の内容である。この書簡への違背は、天正十四、十五年の九州出兵（島津征伐）を招いた。惣無事令の実状とは、秀吉が侵攻する大義名分に他ならない。

「勝手に戦《いくさ》をすれば、いつでも攻めるぞ」との恫喝であろう。で、今回秀吉に目を付けられたのは「小田原《おだわら》の北条と会津《あいづ》の伊達」ということになる。

「秀吉は、他人《ひと》まかせにする性質《たち》ではねェ。いつも戦場に乗り出していき、あの大音声《だいおんじょう》で全軍を鼓舞しよるのよ。九州だろうが、唐天竺《からてんじく》だろうが秀吉は行く。佐渡《さど》よ……何故だと思う？」

家康が、悪戯《いたずら》っぽく微笑《ほほえ》んだ。軍師を試し、からかっているのだ。

「有り体に申せば、自軍の強さに自信がないのでございましょう」

「ほうだがや」

家康が、扇子の先で正信を指した。

「所詮、豊臣《とよとみ》勢は寄合い所帯だわ」

豊臣——二年前の天正十三年（一五八五）。正親町《おおぎまち》帝は秀吉に「豊臣姓」を下賜された。

「それに、秀吉軍の基幹は、尾張《おわり》と近江《おうみ》の将兵だ……どちらも弱兵だがや」

「辺鄙《へんぴ》な土地《とち》の方が、兵は強うございますからなァ」

甲斐や三河が典型であろう。兵は田舎で集めるに限る。その点、尾張は肥沃《ひよく》で広大な平野に恵まれ、近江は琵琶湖《びわこ》の水運で栄え、ともに古くより開けた豊かな土地だ。よって兵は弱い。

「九州征伐には、二十万を送り込んだと聞くが……前にも話したが、徳川と伊達と北条が組めば、十万にはなる。北条は兎も角、伊達の兵は相当強いらしい」

「一昨年（天正十三年）の人取橋《ひととりばし》では、佐竹らの三万に対して、わずか七千で善戦した由にござるな」

「もっとも、黒駒合戦《くろこまかっせん》のときの彦右衛門尉《ひこうえもんのじょう》（鳥居元忠《とりいもとただ》）は、二千で北条の一万を蹴散らしたけどな、ハハハ」

家康は、ひとしきり気持ちよさげに笑った後、真面目な顔つきに戻り、声を潜めた。

「ま、伊達も確かに強いがね。で、どうだ？　弱兵二十万と強兵十万、ええ勝負ができそうだら」

「なかなか」

「やっぱりだめか？」

「上杉が動きましょう。上杉は北条とは犬猿の仲、我ら徳川とも折り合いが悪い。必ずや秀吉側に立ち、我らが背後を突くと思われます」

「越後《えちご》の兵は弱くはねェが、当代《とうだい》の景勝《かげかつ》は凡庸《ぼんよう》だぞ」

「秀吉は、真田安房守《さなだあわのかみ》を上杉の寄騎に付けましょうな」

「ふん、やりそうなことだ」

謙信《けんしん》が鍛えた越後の兵を、表裏比興之者《ひょうりひきょうのもの》が軍師となって率いる——あまり戦いたくない相手だ。

「殿は、もしや……」

今度は正信の方が家康に質《ただ》した。少し不安そうな顔つきだ。

「秀吉と結ぶか、それとも戦うか、迷っておいでなので？」

「当たり前だわ、迷うさ」

家康が相好《そうごう》を崩《くず》した。

「そりゃ、平八郎の前では『戦わん』と言う。暴走されると困るからな。ただ、本音を言えば、答えは一つではねェと思うとる。勝ち目がなくもねェ。和戦どちらも有り得る」

「なるほど」

息の合った主従の間に、しばしの沈黙が流れたが、やがて正信が口を開いた。

「もし、迷われるようなら……お退きなされ。迷いを残したまま戦うには、二十万の上方勢はちと図体がデカ過ぎまするぞ」

「迷ったら退けか……ま、千人を超える戦の心得だな」

「御意ッ」

「退くと言っても今回の場合、戦をせんで大人しくしとればええだけ……雑作もねェえわなァ」

「御意ッ」

「北条や伊達が決起を促してきても、ワシが動かねばええだけの話だな」

「御意ッ」

徳川、北条、伊達が三国同盟を結ぶのには、一つの障害があった。誰か一人でも抜けると、成立しなくなるということだ。徳川と北条だけで秀吉には対抗できないし、徳川と伊達だけでも無理だ。北条と伊達の二国同盟では話にもならない。三国が轡《くつわ》を並べて起《た》った場合にのみ、強大な秀吉に対抗しうるのだ。だとすれば「自分が動かぬ限り、北条も伊達も、自《おの》ずと秀吉に靡《なび》かざるを得なくなるはず」と、家康は高を括っていた。この時までは――

二

翌天正十六年の二月十日は、新暦に直せば三月の七日に当たる。寒さも漸《ようよ》う和《やわ》らいできたその頃、忌々《ゆゆ》しき報せが駿府城の家康にもたらされた。他ならぬ乙部八兵衛からの報せである。

　北条家先代当主にして事実上の最高権力者である氏政《うじまさ》の弟で、勇猛の誉れ高い北条氏邦《うじくに》が、現在真田家が支配している沼田《ぬまた》領への侵攻を繰り返しているというのだ。雌雄を決する大規模攻勢でこそないが、それでも村や田畑を焼いたり、鉄砲を撃ちかけたりしているそうだ。

「ま、まさか……兵を入れとるのか？」

　上座で家康が目を剝《む》いた。

「御意ッ」

　乙部が深く頷いた。

「それはまた……随分と分別に欠けるのう」

　当惑を隠そうともせず、家康は天井をあおぎ見た。ゆったりとした衣服の上からでもよく分かる。肥満した腹が波打ち、肩が上下している。かなりの衝撃を受けた様子だ。

「惣無事令に反しとるがね」

「御意ッ」

「ひ、秀吉が攻めてきよるがね」

家康の声が徐々に上擦っていく。

「御意ッ」

「あんの、ドたァけがァ！」

遂に怒声となり両の拳を振り上げたが、さすがは苦労人、ここで呼吸を整え、元の冷静さを瞬時に取り戻した。

「ま、困ったものよ……佐渡、存念を述べてみよ」

と、傍らに控える本多正信に命じて瞑目し、自らを落ち着かせるように、両手を体の前で組んだ。

「されば八兵衛」

正信が主人から話を引き継いで、乙部に質した。

「それは北条家の意思か？　氏政公、氏直公は、氏邦殿に沼田侵攻の許諾を与えておられるのか？」

「確《しか》とは分かりませぬ。ただ……」

「ただ？」

「氏邦様は、以前より安房守を僭称《せんしょう》しておられまする」

「ほう、安房守をな……」

正信が興味を示し、背筋を反らした。

安房守の官職は古来、上野国《こうずけのくに》の国守《こくしゅ》が就く慣例がある。沼田は上野国内の土地だ。真田昌幸《まさゆき》が名乗る安房守を、敢えて自分も名乗るところが、氏邦の沼田領への強い執着を表しているのでは、と乙部は自説を述べた。

ちなみに、官位とは、官職と位階の両方を合わせた概念だ。官職は、安房守や佐渡守、中務大夫《なかつかさたいふ》などの役職を指し、位階は、従五位下《じゅごいげ》とか正二位《しょうにい》やらの身分を指す。「官位は従五位下の佐渡守」は完全に正しい。「従五位下の位階」と「佐渡守の官職」を有する官人を指した。反対に「佐渡守の官位を受けた」や「従五位下の官位に任官された」は用語の上で少々おかしいことになる。

乙部の語りは続く。

「さらに、氏邦様は妾腹《めかけばら》にて、元々北条家内での扱いが低く、それを武勲を重ねることで撥ね返し、序列を上げ、重きを成したお方であるそうにございます」

現在の序列は第四位——当主氏直、その父氏政、その弟氏照《うじてる》、その次の弟氏規《うじのり》の一つ上であるそうな。

「よほど、負けん気が強いお方のようじゃな」

「御意ッ」

「殿、思いまするに……」

正信は、視線を乙部から瞑目したままの家康へと移し、存念を述べ始めた。

「総じて真田領沼田への侵攻は、北条氏邦殿の独断専行……氏直公、氏政公は氏邦殿の暴走に困り果てておられる、そのような光景が手前には垣間見えまするが、如何《いかが》？」

「そうは思わねェ」

ここで家康が目を開いた。もう完全に落ち着きを取り戻している。

（ふん。妙な男だ）

乙部は、家康の変化に舌を巻いた。なにか異変が起こると、人並み以上に周《しゅう》章《しょう》狼狽《ろうばい》するくせに、さればとて、その動揺が長くは続かない。胆力と理性で心を整える術《すべ》を知っているのだろう。

「氏邦殿の性格、沼田への執着を、氏政殿が知らぬわけがねェ。惣無事令が下ったにも拘らず、氏邦殿を好き勝手にさせておるというからには、黙認以上のものを感じるな」

「では、まさか秀吉と一戦を？」

「そこまでは分からねェ」

本気で「やる気」なのか、それとも沼田だけを奪取し、後は恭順の意を示して乗り切ろうとしているのか、さすがの家康にも分からない。ただ一つ確かなことは――


「北条は……危ねェわ。危ねェ橋を渡ろうとしとるんだわ」

五ヶ国の太守が、冷徹に言い放った。

「我らが、北条に引き摺られる形で、成り行きで秀吉の反目に回るのは悪手だがや。これだけは避けたい」

「では、如何なさいまするか？」

正信が訊いた。

「二つのことを同時にする。一つは……」

と言って、ここで身を前に乗り出した。

「北条氏直、氏政親子にワシから書簡を出す。短慮を戒《いまし》める内容だ。氏直の舅《しゅうと》としての立場で文を認《したた》める。甘い顔はせん。突き放してやるがね」

「で、今一つの策は？」

正信が重ねて質した。

「同時に、秀吉に対し、旗幟《きし》を鮮明にしたい」

家康は、なまじ北条家当主の舅なのである。北条とは決して一味同心せぬ旨を公に表明する必要があろう。

「こちらも、文を出す必要があろうなァ」

「言葉も大事にございまするが、それに加えて、なんぞ行動をもって北条側に立たぬ旨を表明できませぬかな」

「手前に、一つ策がございまする」

乙部が平伏した。

「なんら、ゆうてみりん」

家康が扇子の先で乙部を指した。

「されば、現在沼田領を巡り敵対しておるのは北条と真田にございまする」

「ほうだら。それで？」

「そして真田と徳川家もまた三年前（天正十三年）の上田攻め以来の仲違い中。もし当家が真田と和睦すれば、これは誰の目にも……」

「うん。それはええ」

家康と正信が同時に叫んだ。

「真田との和睦は、取りも直さず、惣無事令遵守《じゅんしゅ》の意思表明ともなるわいな」

家康が掌に扇子をポンと打ち付け、笑顔を見せた。

「和睦の仲介は秀吉に頼むとしよう」

徳川も真田も、秀吉に臣従した麾下《きか》の大名だ。昨年の天正十五年（一五八七）三月には、真田は徳川の寄騎大名にさえなっている。ただ、それはあくまでも形式上の配置であって、上田合戦以来、両家は信州《しんしゅう》の佐久《さく》（小諸城《こもろじょう》）と小県《ちいさがた》（上田城）で睨み合っているのが実情だ。それを和睦に持ち込み、対立状態を解消し、もって旗幟を鮮明にしようというのだ。

「で、どうする？」

家康が、乙部に質した。

「分かり易いのは、縁組にございましょう」

「縁組のう。丁度ええ娘がおらんぞ」

「養女という策もござろう」

正信が助言した。

「誰ぞ、真田の内情に詳しい者が要るな」

「真田と申せば……やはり、植田茂兵衛でしょうなァ」

「ゴホン、ムホン」

正信の言葉に乙部が噎《む》せた。

「なんだ……風邪でもひいたか？」

家康が大きな目でギョロリと乙部を睨んだ。

「ご、御無礼を」

慌てて平伏した。

乙部が見るところ、茂兵衛という武将は、足軽の一隊を率いさせておけば、人並み以上の働きができる。ただ、不器用なところがあり、それ以外には潰しが利かないと思うのだ。それがなぜか、家康や正信は茂兵衛を多用する。

（あんなたァけに、重い責任を負わせて、徳川は大丈夫であろうか）

と、なまじ茂兵衛とは古い付き合いで、彼の人柄をよく知るだけに、不安一杯の乙部八兵衛であった。

三

翌日、茂兵衛は家康の書院に呼び出された。

「ようきたな茂兵衛。どうじゃ、百人組の指揮には慣れたか？」

家康は、満面の笑みで茂兵衛を迎えてくれた。

（おいおいおい。殿様のこの恵比寿顔は危ねェぞ。何ぞ厄介事を押し付ける魂胆と見たが……ま、今さらどうしようもねェか、宮仕えの辛いところだ）

諦観とともに、とりあえずは、主人の出方を見ることにした。

「もうそろそろ一年か、早いものだのう」

鉄砲百人組を率いて一年と少しが経つ。この間、大きな戦がなかったのは幸いだった。毎日走らせ、声を上げさせて鍛えに鍛えた結果、少しは鉄砲隊の体裁を成してきたようだ。新米の寄騎や小頭《こがしら》たちも、相応の指揮経験を積んでいる。ただ、なにせ大所帯だ。茂兵衛自身、まだ三百人全員の顔と名前を掌握しきれていない。もう少し、時間が欲しいのが本音だ。

「お陰を持ちましてそこそこには……ただ、このところ実戦がなく、本物の戦場を体験させてやれていないのが、少々気がかりにございまする」

矛盾することを喋っている自覚はあった。戦が無かったので、その間に鍛錬を積み成長できたと言い、一方で、戦が無かったので成長が足りないと言っている。ま、どちらも本当のことだ。

「ほう。やはり戦場は人を育てるか？」

「御意ッ。生き死にの狭間に身を置くことで、どことなく人ができて参ります。腹が据わって参りまする」

「うんうん。そうでもあろうのう。勉強になるのう」

機嫌のいい主人が、芝居がかって大仰に頷いた。

要は、準備不足で戦場に出て、多大な犠牲を払うが、生き残った者は性根が据わる——そういうことだ。

「あ、さて……」

ここで本多正信が話に割って入ってきた。

「本日おまんをここに呼び出したのは外でもない」

正信は、低い声でボソボソと語り始めた。ここからが本題のようだ。茂兵衛は身を硬くした。

「この度、徳川家の方針としてな、真田家との本格的な和睦を模索することに決まったのだ」

「ほう。それは重畳《ちょうじょう》に存じまする」

と、平伏した。正直ホッとした。真田家と源三郎《げんざぶろう》に恩義と親近感を持つ茂兵衛には、とてもよい報せである。これが、三ヶ月《みつき》前に出た秀吉の惣無事令の影響であろうことは、世事に疎い茂兵衛にもある程度察しがついた。いつまでも徳川と真田がいがみ合っていると、秀吉から「惣無事令違背」を問われかねないだろう。平八郎が忠告してくれたように、現状の固定化を嫌い、惣無事令に反感を持つ勢力があるのも事実だろうが、茂兵衛としては、源三郎と殺し合わずに済むことが素直に嬉しかった。

「で、茂兵衛よ」

また家康に会話が戻った。笑顔で身を乗り出している。

「ははッ」

「どうすれば、徳川と真田は仲直りができようか？」

（知らねェ。そうゆう糞難しいことを考えるのが、あんたら殿様の役目じゃねェのかよ？）

と、内心で吼《ほ》えたが、黙ってもいられない。

「殿と安房守様の間で、お手紙を遣り取りされるとか……」

「おお、それは妙案じゃな。で、他には？」

「なんぞ進物品を交換されては如何」

「それもええな。で、それから？」

「あの……」

「それから？」

茂兵衛は、恐る恐る家康の顔をあおぎ見た。顔全体としては、まだ微笑んではいるのだが、心なしか目つきが険しくなってきている。

「やはり、そのォ……相互の人の交流が肝要かと……」

「茂兵衛」

「ははッ」

「文を出し、進物を交換し、人の交流を増やせと申すか……その程度なら、ワシにも思いつくがや」

家康の顔から微笑は完全に消えていた。

「おまんに訊ねとるのは、真田家内部の消息よ」

少し声の調子が尖った。

「誰と誰が反目し、誰と誰が同心しておるとか、安房守の閨《ねや》での癖はどうとか。安房守の弱味や欠点はこうだとか、色々とあろうが？」

今や家康の顔からは表情が消えている。怒気を孕《はら》んだ無表情とでもいおうか。まずい。これは実にまずい雰囲気だ。

「そ、そのようなことは、寡聞にして存じません」

「たァけ！」

「ははッ」

遂に家康が癇癪《かんしゃく》を起こし、茂兵衛は是非もなく平伏した。

「こら茂兵衛、おまん、幾年も前から、真田に食い込んどったのではねェのか？三年前、殺されて首を引っこ抜かれるところを、真田に命乞いして、今もこうして生き恥をさらしとるのではねェのか？」

（い、生き恥って……）

不満には思ったが、まさか激昂する主人に向かい、正面切って反論するわけにもいくまい。ここは隠忍自重《いんにんじちょう》するのみだ。

「も、申しわけございません」

と、額を畳に擦り付けた。

（参ったなァ。急に機嫌が悪うおなりになるからなァ）

「あの……弱味や欠点は兎も角、強味と申しましょうか、優れた点であれば、幾らでも挙げることができまするが」

「たァけ。そんなもん聞いてどうする。面白くもねェ。楽しくもねェ。時の無駄だわ」

　家康が苦々しげに切り捨てた。

「お言葉ですが……殿様は、真田家との仲直りを御所望なのでは？」

「ほうだら。末永く情誼《じょうぎ》を保ちたく思っとるがね」

「ははッ」

　と、平伏しながら内心で反論した。

（ならなんで先方の弱点ばかりを知りたがるんだよォ。おかしいじゃねェか。仲良くしたいのなら、相手のええ所を見るべきだわ。ふん、大方、殿様たちが言う仲直りは、俺らの考える仲直りとは、ちと意味が違うんだろうなァ。呆れたもんだ。世も末だがや）

　要は、尋常な和睦ではないのである。家康や正信は、別段、真田と和解したいわけではなく、「秀吉から和睦したように見える体裁」を求めているだけだ。仲良くしたいのは真田家に非ず。秀吉なのである。

「安房守に限らず、広く二人の倅《せがれ》や、嫁や重臣《おとな》らの弱味や醜聞でもよいぞ」

　横から正信が、助け舟を出してくれた。

「それでしたら……あ、いやいや」

と、反射的に取り消した。

(弱味ってほどのことでもねェが、源三郎様の御正室は、まだ童《わらわ》なんだわ。「形の上だけの夫婦じゃ」と寂しそうにしておられたっけ)

源三郎は少女を実の妹のように大事に扱っている。無論、閨事を強要したりはしていない。

(ただ、これを言うと、源三郎様になんぞ御迷惑がかかるやも知れんしなァ。最近の殿様は阿漕《あこぎ》なことも平気でなさる。命の恩人である源三郎様に迷惑をかけちゃ、俺の義が廃るからなァ)

「なんら? とっととゆうてみりん」

家康が苛ついた様子で吼えた。

「いえいえ、思い違いにございました」

「こら茂兵衛、隠すな。おまん、今確かに『それでしたら』と口走ったではねェか? ワシは『それでしたら』の続きが聞きたい」

「あの……」

「主命だら。言えッ。ゆわんとおまんの娘の生皮を剝《は》ぐぞ!」

(な、生皮って)

　こうなったら蛇に睨まれた蛙である。結局洗いざらいを喋ることになった。

「真田家嫡男の源三郎信之《のぶゆき》様には正室がおられまするが、この方、御年十三歳にございまして……」

「じ、十三の嫁？　真田の嫡男はケダモノか？　なんたる破廉恥！」

「いえいえ、然《さ》に非ず。まだ夫婦とは言えないようにございまする」

「ほう、まだ夫婦ではねェと申すか……続けろ」

　家康が興味を持ったようだ。嬉しそうに身を乗り出してきた。他人の不幸や他家の悩み事が、よほどの好物らしい。

「お二人は、そもそも従兄妹《いとこ》同士。さらには故勝頼《かつより》公の鶴の一声で決まった政略婚でもあり、源三郎様は寂しい思いをなさっておいでのようです」

「当然、子はおらんのだな？」

「おりませぬ」

「あ、そう」

　そう茂兵衛に頷いて、家康は正信に視線を移した。

「平八郎のアレをどうかと思うてのう」

「ああ、アレねェ」

今度は正信が茂兵衛に向き直り、問い質した。

「その正室の家は？　出自は？」

「確か父親は、武田家重臣のようにござる。ただし、長篠《ながしの》にて討死とか」

「討死か、うん、それはええ」

家康が「さも好都合」とばかりに微笑み、両の掌を揉み合わせた。敵方だったとはいえ、討死で「それはええ」は酷い——家康、本当に年々性格が悪くなっていく。

「信之殿は、今年お幾つじゃ？」

家康に代わって正信が茂兵衛に質した。

「永禄《えいろく》九年生まれの二十三歳にございます」

「なるほど、なるほど」

正信は満足げに頷き、また家康に囁いた。

「歳回りには問題ございませんな」

「ただ、正妻でなければダメだわ。こちらにも面子《めんつ》があるからな」

二人は顔を寄せ、小声で応答している。

「正妻云々は、関白様を通せばなんとでもなりましょう。現に今はまだ夫婦ですないのですからな」

「無理筋ではねェのか？　秀吉が聞いてくれるかな？」

「今や天下第二位の実力者である殿が、惣無事令に従うと表明するようなものにござるぞ」

正信がさらに声を絞り、家康に囁いた。

「関白様は喉から手が出るほどに、それを望んでおられましょう。どんな無理筋でも聞いてくれますわい。それに……そもそも旭姫様は、先夫と別れさせられた上で、殿に嫁《とつ》がれたのでは？　フフフ」

「なるほど……下衆は手段を選ばんからのう、ヒヒヒ」

「御意ッ。ハハハ」

主従は、不気味な含み笑いの掛け合いを延々と続けた。

（殿と弥八郎《やはちろう》様、なんぞ悪だくみをしておられるようだが……大丈夫か）

二人の遣り取りを聞いていると不安が頭をもたげてくる。

「で、茂兵衛よ」

家康が、扇子の先で茂兵衛を指した。

（お、いよいよ俺にきたか）

覚悟を決めて平伏した。

「おまん、平八郎のとこの於稲《おいね》を知っとるか？」

「無論、幼き頃よりよく存じ上げておりまする」

「相当な別嬪《べっぴん》らしいのう」

「それはもう。大変にお美しく」

本多平八郎の長女於稲は、天正元年（一五七三）の生まれ。今年で十六歳になる。幼い頃は、目つきだけが父親似で、大層「きつく」見えたものだが、年頃になると、むしろ切れ長の鋭い目が、妖艶な印象を醸し、美人として近隣の噂に上るほどになった。

「おまんが申すように、真田の跡継ぎの妻が飾り物に過ぎぬのなら好都合。於稲を嫁がせるのはどうかと思ってのう」

（わッ。やはりそうきたか……話の流れから、もしやとは思っておったのよ。ま、決して悪い話ではねェが、ただ……）

「源三郎様の現在の御正室は如何なりましょうか？」

「それはな……」

家康に代わって正信が説明した。
「於稲殿を殿様の養女とし、関白殿下に間に入って話を進めて頂こうと思うてお
る。今の正室殿には側室に下りて頂くことにはなろうが、これは戦国の倣いよ。
さらに現在は妹のような存在であろうから、大きな障害にはなるまい」
「ほうだがや。実家も落ちぶれておるだろうからのう、へへへ」
家康が、さも愉快そうに呟いた。正室の父はすでに亡く、仕えた武田家も滅ん
でいる。
「これは、妙手なのではねェか」
この時期に真田家の嫡男が、秀吉の仲介で、徳川の姫（家康の養女）を嫁に迎
えれば、徳川が沼田領問題で北条側に立たないことを天下に示すことになろう。
「ただ……」
ここで茂兵衛が水を差した。
実は茂兵衛自身、かつて「信之に於稲をどうか」と考えたこともあるのだ。し
かし、一つには正室の立場に配慮して、二つには平八郎が極度の真田嫌いである
ことから諦めた経緯がある。
「ただ……なんじゃ？　茂兵衛は不満か？　反対か？」

家康が扇子の先を茂兵衛に突き付けた。

「不満などございませぬが、一つだけ障害がございまする」

「なんら？」

「平八郎様が、真田を蛇蝎《だかつ》の如くに嫌っておられます」

「それは……困るな。どうする佐渡？」

「殿の方から因果を含められては如何？　主命とあらば、さしもの平八郎殿でも抗えませんでしょう」

「や、それはどうかな……奴が激昂すると、正直ワシでも怖い」

ちなみに、家康の父も祖父も、家臣に斬り殺されている。三河者が忠義無双であるのは事実だが、このような側面も併せ持っているのだ。家康の家臣に対する眼差しが、複雑極まりない所以《ゆえん》であろう。

「となれば、誰ぞ親しい者に説得させるしかございませんなァ」

「適任者は誰だら？」

「左様、平八郎殿とごく親しい間柄といえば……」

家康と正信の視線が、ゆっくりと茂兵衛に注がれた。

（おいおいおい……厄介事は全部俺かよ）

と、茂兵衛は心中で呻《うめ》いた。

四

「ほぼ、間違いございません」

有度山《うどやま》での百人組の演習中、甥の植田小六が一人の足軽を同道し、報告した。

昨年の一月、場所は同じ有度山——鉄砲足軽の竹万が逆恨みをして、小頭の野見辰五郎を背後から撃ったのだ。野見は絶命し、竹万は逐電した。そのまま行方を晦《くら》ましていたのだが、一年を経て、油断したのか故郷の遠州浅羽《えんしゅうあさば》村に舞い戻ったらしい。

「で、今、竹万はどうしておる？」

茂兵衛は、片膝を突いて控える農民姿の足軽に質した。足軽装束でないのは、追手としての性格上、目立たぬための工夫であろう。

「放てッ」

ダンダンダン。ダンダン。

辰蔵の鋭い号令一下、五十挺の鉄砲が銃口から三尺（約九十センチ）もの炎と濛々たる白煙を噴き出した。茂兵衛の百人組は目下斉射の訓練中である。

なかなかに揃っていると茂兵衛は感心した。

これなら立派に「斉射」と呼んでいいだろう。たとえ五十人が同時に引鉄《ひきがね》を引いても、火縄銃の機構上、多少のバラつきは出る。引鉄を引くと、火縄が火皿に落ち、口薬《くちぐすり》に点火する。火は極細い洞穴を通って銃身内部へと伝わり、ここでやっと玉薬が爆轟を起こすのだ。それだけの行程を経るので、発砲時のバラつきは仕方がない。むしろ指揮する者が注視すべきは、引鉄を引く音が揃っているかであろう。今の斉射は、それが見事に揃っていた次第である。

「報告を続けろ。今、竹万をどうしとる？」

斉射の轟音にかき消され、足軽の報告がしばし途絶えていた。茂兵衛が促すと、足軽は報告を再開した。

「声などはかけず、同僚が一人、遠くから見張っております」

この足軽は、竹万の元同僚である。野見の代わりに据えた新任の小頭とともに、小六に捜索の指揮を執らせている。小六は、犯人の顔をよく知る同組の足軽仲間を二人一組で四組、農民や旅の商人に変装させて遠江《とおとうみ》に派遣し、浅羽村界隈《かいわい》を見張らせていたのだ。その網に、竹万はかかったらしい。

「昨年なァ」

今度は小六に命じた。

「おまんと共に竹万を追った服部の組を率いていき、竹万を捕縛して参れ。可能なら生かして連れてこい」

「はあ……」

小六、不満顔だ。

「こら、なんだその面ァ。これはお役目だぞ」

「はッ。参りまする」

「放てッ」

ダンダンダン。ダンダン。ダン。

今度は左馬之助の号令で、残りの五十挺が火を噴いた。またしても濛々たる白煙が立ち込める。煙に巻かれると肌がチクチクと痛んだ。どちらの斉射も揃っている。十分な及第点だ。小頭の怒声があまり聞こえないのは、足軽たちが撃ち終わると同時に数歩後退し、遅滞なく次弾の装塡を始めるからだ。グズグズしている阿呆がいないので、小頭たちも声を張らずに済んでいる。そろそろ実戦でも通用しそうだ。

「おまんなァ……」

茂兵衛が、小六を窘《たしな》めた。

(度々中断されるが、なんの話だっけ？　ほうだら、この阿呆が浅羽行きに不服面をしたんだわ)

「行くのは当たり前だがや。もっと活気を出せ。率いる組の士気にかかわるぞ」

多少語気を強めて言った。

「はッ」

一応は背筋をピンと伸ばし、直立不動で応えたが、それでも茂兵衛としては甥の態度が不安で不満で仕方がない。もう一言、二言いっておきたい。

「御苦労だったな。おまんは行ってええぞ。ゆっくり休め」

と、足軽だけを下がらせた。

「小六、ちょっとこっちへこいや」

と、物陰に誘った。小六は素直についてきた。

「おまん、なにが不満なんだよ？」

小六にも体裁があろう。組の者に聞こえないよう、小声で質した。

「不満などありませんが……片道十三里（約五十二キロ）以上もありますよ」

「だから？」

「遠いなァ、と」

「馬鹿ッ」

ペチン。

籠手《こて》をはめた手で、小六の月代《さかやき》の辺りを強か叩《したた》いた。茂兵衛も小六も兜こそ被っていないが甲冑《かっちゅう》を身に着けている。あくまでも百人組は演習中なのだ。

「痛《いて》ェ……」

「痛ェじゃねェわ。このドたァけが！」

小六の父の丑松は、ガキの時分から正真正銘の阿呆だが、平八郎に郎党として厚遇されている。母親も元は足軽の女房で、人柄が良いだけが取柄の女だ。夫婦して甘やかし、贅沢に育てると、この手の阿呆が再生産される。

（や、小六の場合、本物の阿呆ではねェわ。丑松とは違う。知恵は回るんだ。ただ少し気合が入っていねェ。一生懸命さが足りねェ。チャラチャラと女子供と喋っているときの方が楽しそうだ。武人には向いてねェのかなァ）

「おまん、一人前の三河武士になりたいか？」

「そりゃ、なりたいです」

「だったら人一倍苦労せんかい。ただでさえ『お頭の甥御様《かしら》』と妙な目で見られとるんだ。一番の面倒事を率先してこなせ。戦場では一番危険な場所に突っ込め。そうしてやっと周囲から認められるんだわ。分かるか？」

「はい、なんとなく」

（なんとなく……かよ。駄目だこりゃ）

親族の男子の中で本当に見込みがあるのは、善四郎の次男と辰蔵夫婦が育てている松之助の二人だけだ。辰蔵家は夫婦そろって茂兵衛より賢いし、善四郎の妻は名門の出で、気の強い賢婦人だ。

（やはり親次第だなァ。育て方だよなァ）

脳裏に「もへえ！」と呼んで無邪気に笑う、小さな綾乃の姿が浮かんだ。

（あの子が、ああなったのも親の所為《せ い》か？　寿美はちゃんとしとる方だから、やっぱ俺だよなァ……俺が甘やかしたから、ああなったんだ。参ったなァ）

茂兵衛には妹が三人いる。辰蔵の妻になったタキと、今も富裕な農民として穏かに暮らす下の妹たちだ。子供の頃の茂兵衛は、タキを含めて妹たちから大層嫌われていた。幼くして父親を亡くし百姓を継いだが、母は病弱で弟は阿呆。「俺がちゃんとしなきゃ」との思いが強過ぎて、いつも苛ついて、周囲を睨みつけていたものだ。妹たちには、そんな長兄が恐ろしくも疎ましくもあったのだろう。

ま、それは申しわけなく思っている。

ただ、妹たちなら兎も角、己が娘から嫌われるのは堪らないので、綾乃には、
なにしろ優しく、理解のある父親を演じてきたような気がする。その結果が「も
へえ！」と、今も着用している陣羽織の左腋下の刺繍「あやの」に表象されてい
るのではあるまいか。

（あれ？）

物思いからふと我に返ると、小六は直立不動の姿勢のままで待っていた。

「もうええぞ。即、遠江に発《た》て」

「あの……」

「なんだよ？」

苛ついて、怖い目で甥っ子を睨みつけた。

「銭は？　路銀が要ります」

「な……」

一瞬、軽い殺意を覚えたのだが、ま、銭が要るのも確かだろう。金品を管理し
ている富士之介から受け取るように指示した。若者はニッコリと笑って一礼し、

茂兵衛の前から元気に駆け去った。

「ふう……この先が思い遣られるわ」

小六もそうだが、この後、駿府城に戻れば、茂兵衛には嫌な仕事が待っている。平八郎の愛娘に、縁談を持っていくのだ。それも平八郎が大嫌いな真田家との縁談だ。

「放てッ」

ダンダンダン。ダン。ダン。

辰蔵の号令で五十挺の六匁筒が火を噴いた。

五

茂兵衛は紺糸威《こんしおどし》の当世具足《とうせいぐそく》に、白羅紗の陣羽織をはおったまま、平八郎邸を訪ねた。あえて軍装で訪問したのは、鉄砲演習の帰りであることを強調するためだ。昨今戦が減り「甲冑を着る機会が減った」「甲冑の着方も忘れた」と、日頃平八郎が嘆いているのを知っていたからだ。用件が用件だけに、少しでも先方様の機嫌はよくしておきたい。

それともう一つ、真田家との縁談に激昂した平八郎が刀を抜いた場合だ。茂兵衛の立場では、恩人である平八郎相手に抜刀するわけにもいかず、我慢して斬られることにはなるが、甲冑を着こんでいれば「せめて致命傷は避けられるかも」と考えた次第だ。茂兵衛も苦労である。

「で、どおだら？　小六は励んでおるか？」

平八郎が、茂兵衛に上機嫌で質した。本多家の広大な屋敷の書院で、差し向かいで酒を飲んでいる。

小六は丑松の長男だ。丑松は平八郎の家来である。小六が植田丑松家の家督を継いでも、陪臣《ばいしん》身分に変わりはなく、手柄を挙げても出世は平八郎家の範囲内に限られる。小六は、三人いる丑松の倅の中では一番敏《さと》い性質で、その才を惜しんだ平八郎が、茂兵衛の鉄砲百人組に加入させたのだ。今は、徳川の直臣《じきしん》として八十貫（約百六十石）を食《は》んでいる。

八十貫——十五年前の元亀《げんき》四年（一五七三）に、茂兵衛は初めて徳川の弓組寄騎となり、年に七十五貫（約百五十石）の俸禄を得た。それから十五年後、八十貫に微増している。しかし、徳川家自体はこの十五年の間に、三倍以上にもなっているのだ。今さら家康の吝嗇《りんしょく》ぶりをあげつらっても詮無いことではあるが、それにしても――。

「ようやってくれております。今も遥々《はるばる》遠州にまで使いに出てくれております」

「ほうかいほうかい。ま、飲もうや」

と、茂兵衛の盃に酒を注いだ。

その後は、小六の話で盛り上がった。平八郎は機嫌よく盃を重ね、随分と酔っている。この後のことを考えれば、酔い過ぎも不安なのだが、まさか「飲むな」とも言えない。

「丑松の野郎は阿呆で仕方ねェが、小六は出来がええ。あれを、鳶《とび》が鷹《たか》を生んだとゆうのだろうなァ、ガハハハハ」

「御意ッ」

(小六の場合は、頭の出来は悪くねェが、精神の方が今一つなんだよなァ。ひた向きさが感じられねェもんなァ。チャラチャラしやがってよォ)

と、平八郎に精一杯の笑顔を振りまきながらも、心中では愚痴っていた。

思えば茂兵衛は、問題児ばかりを抱え込んできた。

善四郎は劣等感が強く、彦左《ひこざ》は捻くれ者で、花井は阿呆だ。左馬之助に至っては茂兵衛を父の仇と憎んでいた。小六は、そのどれとも違う――決して馬鹿ではなく、性格も悪くないが、上っ調子で軽いのだ。実は武人として最も大成し難い性格なのかも知れない。

「で、今日はなんだら？　なんぞワシに話があったんだろ」

「分かりまするか？」

「そら分かるさ。長い付き合いじゃねェか」

と、嬉しそうに盃を空《あ》けた。

「実は、殿様から御伝言を預かりまして……」

「伝言？　なんで殿はワシに直に言わんの？」

「さあ……御真意は計りかねまするが、佳《よ》いお話なので、それがしに、伝えさせようとされたのでは？」

「道理が繋がらんなァ。佳い話なら、普通に殿様が伝えればええだろ」

「はあ、左様ですなァ」

「おい茂兵衛、本当にええ話なんだろうのう」

と、豪傑の顔から笑みが消え、膳に盃を置いた。茂兵衛の背筋に汗が流れた。

「佳いお話にございます。於稲様に縁談が、それも良縁がございまする」

茂兵衛は己が膳を脇に寄せ、平八郎の前に平伏――甲冑が邪魔で平伏ができないので、可能な限り頭を下げた。

「於稲に縁談？　相手はどこの誰だ？」

「さるお大名家の御嫡男。御年は二十三。稀に見る武辺にして、心優しき賢者にございまする。さらに美男！」

「分限は如何ほど？」

「七万石」

真田家の所領は、小県三万八千石、沼田二万七千石で都合六万五千石である。五千石ほどサバを読んでみた。

「小粒だが……そこそこの大名だな。おまん、相手に会ったことがあるのか？」

「ございます。人物に間違いはございません。そこは茂兵衛が請け合いまする」

「ふ～ん。別に悪い話ではなさそうだら。それを殿様が仲立ちしてくれるのか？」

「御意ッ。殿様の養女として嫁いで頂くことになっておりまする」

「正妻なのだな？」

念を押された。源三郎にはすでに正室がいる。しかし、なにせ彼女はまだ十三歳なのだ。関白秀吉が動けば、於稲が正室として嫁《か》することになるはずだ。

「無論、御正室にございまする」

「で、どこの大名家だ？」

と、興味津々で身を乗り出してきた。

「あの……」

「どこだ？」

「真田家」

「はあ？」

「真田家御嫡男、源三郎信之様にございま……」

「茂兵衛————ッ！」

と、叫ぶなり、己が膳を押し退けて茂兵衛に飛びかかった。大きな両手で茂兵衛の首をギュウと絞めあげる。

「ウウウウウ」

「死にたいんかァ！　おまん、ワシの真田嫌いをよう知っとるだろうがァ！」

「存じておりまするが、殿様が……く、苦しい……手を緩めて下され、死んでしまいまする」

「殺そうとしとるんだわ！」

「グウウ……ウウ……ウ」

茂兵衛の意識は、ここで途切れた。

白い雲が湧く花園に、茂兵衛は一人で立っていた。

(俺ァ死んだんか？　ここは、つまりあの世ってわけかい？　待てよ。もし本当にあの世なら……色々と会いたい人がおるなァ。夏目の殿様、大久保四郎九郎《おおくぼしろうくろう》様、小頭の榊原《さかきばら》様、もちろん綾女殿にも、親父にも会いてェ)

心地よい風が吹いており、花の香なのか、随分といい匂いがする。茂兵衛は夏目たちを捜そうと歩み始めて、ふと足を止めた。

(や、捜すのは止めとこう。俺ァ娑婆で二百人からの人をこの手で殺しとるんだ。下手に歩き回ると、殺した亡者たちに襲われるがね)

その時、彼方から微かな声が聞こえてきた。

「兄ィ、お〜い兄ィ！」

声は徐々に大きくなり、耳元まできたとき——目が覚めた。

顔の上に、丑松の丸い顔が覆い被さっていた。間の抜けた顔に、似合わない口髭を生やしている。これでも一応、本多家においては重臣だ。

「兄ィ、よかった……殿、兄ィが息を吹き返しました」

涙を流して喜ぶ阿呆な弟が、背後に首を向けて誰かを呼んだ。

「おう」

と、今度は平八郎が覗き込んだ。最前と同じ場所、平八郎邸の書院だ。

「たァけ、死んだかと思うたわ」

「す、すみません」

動けないので横たわったまま謝った。喉を圧迫されたためか、声が擦《かす》れている。気を失ってから半刻（約一時間）ほどが経っているようだ。その間に、平八郎は本丸に家宰を遣り、於稲の縁談話を確認させたらしい。

「殿は本気らしいわな。ま、ワシも臣下として我儘《わがまま》は言えねェ立場よ。於稲は、真田にくれてやると観念したがや。でもなァ、茂兵衛よ……」

平八郎が上から睨みつけてきた。

「おまんがちゃんと尻《けっ》を持てや。もし於稲が、真田で少しでも泣きをみせられたら、おまんの娘の両手の爪を剝ぐからなァ。腹くっとけよ」

「ぎ、御意《ぎょい》ッ」

と、仰臥《ぎょうが》したままで頷いた。

（生皮とか爪とか……殿様と平八郎様、脅し文句がほとんど同じだものなァ。こ

れが徳川の家風なのかなァ。嫌だなァ）
鉄砲百人組頭植田茂兵衛、とんでもない環境に身を置いているものだ。

六

その六日後、小六が小頭の野見辰五郎殺しの咎人《とがびと》を連行してきた。元鉄砲足軽の竹万である。犯行時から一年以上逃走していた割には痩《や》せてもおらず、健康状態は良好そうだ。

「おまんはこの一年、どこでどうしとったんか？」

茂兵衛は広縁から声をかけた。縄で後ろ手に縛られた竹万は、植田邸の庭に座らされており、この先に下されるであろう裁きを思ってか、その癇《かん》の強そうな顔からは生気が失せていた。

「へい……姉の嫁ぎ先に隠れておりました」

「遠州浅羽か？」

「へい」

「小六、姉の方の処分はどうした？」

浅羽家は徳川の家臣だ。徳川の小頭を殺した咎人を匿《かくま》った者を、そのまま無答責とするわけにもいくまい。

「村の領主の浅羽家に事情を話し、一任して参りました」

「うん。それでええ」

茂兵衛は頷いた。

竹万への厳罰は避けられないが、匿った肉親をどこまで罰するかは微妙なところだ。重罪人を匿ったことを重視して厳罰に処するか、肉親の情に鑑みて軽い罰とするかは領主浅羽家の裁量にまかせてもいいだろう。その辺の判断ができるのだから、やはり小六は馬鹿ではない。

（鍛え方によっちゃ、物になるのかも知れんなァ。ただよォ……）

小六の表情がどうも冴えない。元気がなく俯き勝ちだ。能天気なお調子者のことだから、咎人を捕縛して増上慢になっているのかと思いきや――道中でなんぞ嫌なことでもあったのだろうか。

竹万捕縛の報せを聞いた左馬之助と辰蔵が駆けつけてきた。どの道、竹万は死罪なのだが、一応は事件の経緯や動機などを調べておきたい。となると、茂兵衛よりは幾分か頭の血のめぐりがいい二人の寄騎に、尋問はまかせた方がよかろう。

「竹万、おまん、どうして野見を撃った？」

小腰を屈めて竹万の顔を覗き込み、左馬之助が穏やかな口調で質した。

「殴られたから」

「たァけ。足軽を殴るのが、小頭ってもんだわ。奴らの仕事だら」

竹万の背後に立っていた辰蔵が、後頭部を小突いてから話に割って入った。

「殴られるのも、おまんらの給金の内だわ。それをいちいち鉄砲ぶっ放しとったら、鉄砲隊なんぞ誰もおらんようになってまうがや」

「あいつは度を超してたから」

「よほど酷かったのか？」

左馬之助が、同情したような口ぶりで質した。どうやら左馬之助が太陽役で、辰蔵が北風役を分担しているようだ。長く一緒にやっている二人、阿吽《あうん》の呼吸なのだろう。

「野見は、依怙贔屓《えこひいき》しやがるからね」

竹万が左馬之助を見て答えた。

「野郎は衆道の気が酷くてさ。前に一度誘われたんだが、俺ァ断った。以来目の敵《かたき》にしやがってよ。殴ってるうちに俺が音《ね》を上げて、尻の穴を突き出すとでも思ってたんじゃねェかな、糞がッ」

（ありそうな話だわ。こういうのを「可愛さ余って憎さがなんたら」ってゆうのかな……ま、よう分からんが）

「こら、お頭の前だ。下品なもの言いをするな」

辰蔵が、咎人の頭をまた小突いた。

竹万が首をねじって背後を振り返り、辰蔵を睨み上げた。

「一々、小突くんじゃねェよ！　どうせ俺ァこれから首を刎《は》ねられるんだ。怖いもんなんぞねェわ。手前《てめ》ェ木戸……化けて出て、呪い殺してやるぞ？」

「たァけ」

と、辰蔵が竹万の前に回り込み、しゃがんで顔を覗き込んだ。

「ワシは今まで戦場で百人やそこらは殺してきたが、ただの一度も化けて出られた覚えなんぞねェわ」

「糞がッ」

と、竹万が唾を辰蔵の顔に吐きかけた。

（竹万の奴、自棄《やけ》になっていやがる。馬鹿が……辰蔵が黙ってねェぞ）

だが辰蔵が激昂することはなかった。かかった唾を拭おうともせずにニヤリと笑った。

「おまんは、どうせ首を刎ねられるから怖いもんはねェとゆうが。でもよォ、そうとは限らねェんだぞ」

「え？」

「刀でスパッと首を落とせば、苦しむ間もなくあの世へ行ける。でもよォ、鋸《のこぎり》で首を切ると時がかかるんだわ。なんなら竹の鋸で挽《ひ》かせようか……二刻（約四時間）はゆっくり苦しめるぞ。ヒーヒー泣き喚きながら死なせてやろうか！」

「……そ」

竹万が青褪《あおざ》めた。

「耳や鼻を削ぎ落としてから首を落とすのもええなァ。耳や鼻ぐらいじゃ人は死なねェからよォ。痛みと苦しみだけが延々と続くんだわ」

「勘弁してくれ。ひと思いにやってくれ」

「でも、おまん、化けて出て呪い殺すんだら？」

「化けて出ねェから……勘弁してくれェ」

竹万は恐怖に怯え、盛大に涙を流し始めた。

「お頭、どうしますかねェ」

　と、辰蔵が茂兵衛に振り向いた。

（お、ここで俺に来るのか？）

「そ、そうだな……人の鼻を削ぐところを一度見てみたいなァ」

「聞いたか竹万、お頭はなァ、人が苦しむところを御覧になるのが、なによりの好物なのさ。そうですよね、お頭？」

（手前《てめ》ェ、辰蔵……調子こいてんじゃねェぞ）

　とは思ったが、ここは芝居に付き合わざるを得ない。

「ああ、そうとも。俺ァ血を見て、人の悲鳴を聞くと食がえらく進むんだわ」

　竹万は完全に意気消沈し、俯いてブルブルと震えている。

「竹万、だからさァ」

　ここで太陽役の左馬之助が助け舟を出した。やはりしゃがんだ体勢で、竹万の顔を覗き込み、肩をポンと叩く。

「今後は非礼の無い態度で、素直に取り調べに応じろ。そうすればワシらも鬼ではない。そうそう酷いことはしないさ。楽に死なせてやる」

「へ、へい。お頼み申します」

以降すっかり素直になった竹万は、殺害時の心境、事後の逃走経路などを丁寧な口調で話した。特に新たな事実もなく、衆道が絡んだごくありふれた諍《いさか》いのようだ。

「で、どうするよ？」

一通りの取り調べが済み、広縁に左馬之助と辰蔵が上って茂兵衛を囲み、額を集めて今後の相談を始めた。

「や、どうするってお頭、まさか鼻は削ぎませんぜ」

「たァけ。当たり前だわ。誰に竹万の首を刎ねさせるかって話だがや」

「首を刎ねるのは、咎人を捕縛したる者の役目が常道にござる」

左馬之助が原則を示した。

「ただ、今回指揮を執っていたのは……甥御様ですな」

「小六か……あいつ、人を斬ったことがねェそうだからよォ」

茂兵衛は、左馬之助の肩越しに小六を見た。一瞬目が合ったのだが、スッと視線を逸らされた。

（あ、分かった。野郎、自分に首を刎ねる役が回ってきそうで、ビビッてやがるんだな。ま、嬉々として「首を刎ねさせて下さい」と手を挙げるガキも困りもん

だけどなァ。どうするか……少しは腹が据わるように、小六に斬らせるか）

どの道、上役を撃ち殺した竹万は死罪である。どうせ死ぬのなら、人の役にたって――若者の成長に協力して死んだ方が、彼の後生もいいだろう。

「おい、小六、ちょっと来い」

「はッ」

いつもチャラチャラ、ヘラヘラしている小六が、青褪めた顔で駆け寄った。

「竹万の首を落とすのは、おまんだ」

「………」

返事が返ってこない。

「ウンとかスンとか言えや」

「て、手前、やったことがございません」

白目が朱に充血し、唇は紫色に変わっている。よほど怖いのだろう。

「誰でも、初めはやったことがねェもんだわ」

「……でも、しくじったら、竹万を余計に苦しませることになるから」

「大丈夫、そのときはワシが助太刀する。代わって首を落とす」

と、辰蔵が腰の刀を叩いて頷いた。辰蔵の妻の兄が、小六の父親の丑松だ。義理の叔父甥の間柄である。

「辰蔵、駄目だら。どうしても小六一人に落とさせる」

小六が自ら手を下し、竹万の死をもって成長を遂げて貰わねば意味がない。茂兵衛は辰蔵を窘めた上で、甥に向き直った。

「おい小六、罪人とはいえ人一人の命を奪うんだ。性根を据えてやれ」

「は、はい」

顔面蒼白となり震えている。百人組寄騎となって、もう一年以上経つ小六だが、未だに戦場を経験していない。必ずしも戦場には限らないが、修羅場を知らぬ者はある意味弱い。

ふと十六年前の二俣城《ふたまたじょう》内を思い出した。

元亀三年（一五七二）、松平善四郎と茂兵衛は、武田勢に囲まれた遠州二俣城に長く籠城していた。善四郎は、大事な水を盗み飲んだ配下の足軽の首を落としたが、その時の顔色がまさに今の小六と同じだったのだ。善四郎の最初の一振りは足軽の肩先に、一歩踏み込んだ二振りめは後頭部に当たり、刀は虚しく跳ね返った。足軽は泣き喚き、善四郎は周章狼狽し、現場は大混乱。仕方なく茂兵衛が助太刀して首を落とした——あの時の善四郎は、奇しくも今の小六と同じ十六歳であったのだ。

小六は、青褪めながらも身支度に取りかかった。遠州から戻った旅装束のままだから、羽織さえ脱げば、下は小袖に裁付袴《たつつけばかま》に草鞋《わらじ》だ。刀は振り易い。小六は刀の下緒《さげお》を解いて襷紐《たすきひも》とし、袖を留めた。

「小六、ちょっとこい」

広縁の茂兵衛は、小六を呼び寄せ、小声で伝えた。

「まず、おまんが丁度ええ距離だと思える間合いに立て」

ここからが肝心だ。茂兵衛は小六の強張《こわば》った顔の前で、親指と人差指を大きく広げて示した。

「そこからさらに五寸（約十五センチ）だけ竹万に近づくんだ。ええか、遠すぎても近すぎてもいかん。きっかり五寸だぞ。そうすりゃ、刀の物打《ものうち》がぴたりと首に当たり、コロリと落ちる」

ちなみに、物打とは刀の先から五、六寸の、最もよく斬れる部位を指す。

「戦場で二百人以上殺した俺がゆうんだら、間違いねェわ」

「は、はい」

小六が硬い表情で二度頷いた。綾乃と無邪気に遊んでいるときとは別人のような、真剣な眼差しだ。こうして見れば、なかなかの面構えをしている。見どころが無くもない。

「おい竹万、おまんの首は、この植田小六が落とす。俺の甥っ子だから、よもやしくじる心配はねェ。やるときはやる男よ」

竹万が顔を上げ、小六を見た。小六は硬い表情で竹万に頷いた。

「竹万、最後に言い残すことはあるか？」

「姉の御処分は、どうなりましょうか？」

上役を背後から撃ち殺すほどの人でなしが、人生の最後の最後で、自分以外の者の心配をしている。人間、捨てたものじゃない。

「領主浅羽殿の判断だが、弟を匿ったぐらいで、女をそうそう重くは罰さねェだろうよ」

（浅羽家としても、領民から臍《へそ》を曲げられたらかなわんからなァ）

茂兵衛は体験上、領主の立場も領民の気持ちも知悉《ちしつ》しているので、その辺はよく分かる。

「他には？」

「別に……ございません」

「案ずるな。どんな極悪人も、阿弥陀仏が極楽に連れて行ってくれるそうだ」

「へ、へい」

と、涙を流し、幾度か小さく頷いた。

足軽が三人がかりで竹万を押さえ込み、小六が落とし易いように、首を前にさし出させた。竹万はすでに諦めたようで、ただ小刻みに震えながら念仏を小声で唱えている。喚きも暴れもしない。

竹万に歩み寄った小六が足場を決め、腰の打刀をスラリと抜いた。大上段に振り被る。そして、ジワジワと五寸分だけ竹万の方へとにじり寄った。ちらと茂兵衛を窺った。

（おお、それでええわ）

茂兵衛が頷き返した。

「ナンマンダブ……ナンマンダブ……」

竹万の声だけが、早春の庭に低く細く流れた。

「えいさッ」

大刀が一閃《いっせん》。

ブツッ。

肉を断つ音と骨を断つ音がほとんど同時に聞こえ、竹万の首は前に落ち、ゴロリと転がった。音を立てて噴き出した血飛沫《ちしぶき》が一滴、茂兵衛の左頰を汚した。茂兵衛はその血を拭おうともせず、小六の様子を見つめていた。

小六は刀を振り下ろした姿勢のまま、しばらく肩で息をしていたが、なにかが込み上げてきて、片手で口を押さえた。

「ううッ」

刀を放り出し、庭の隅へと走り、蹲《うずくま》って盛大に吐いた。

(最初はこのぐらいで丁度ええ)

茂兵衛はほぼ満足していた。

(二度目からは、鮒《ふな》の頭を落とすのと大して違わんようになっちまうんだわ。な、小六よ……忘れるな。人を殺《あや》めるってのは、こうゆうこった)

と、内心で小六に意見した。

武人の役目は人を殺すことだ。そこは否定できない。ただ、人の命の重みを忘れたとき、その者は畜生に堕ちる。千貫取ろうが、城持ちになろうが、獣は獣だ。で、その手の輩はゴマンといる。

首のない胴体から血が噴き出すのはほんの一瞬で、すぐに細い流れとなり、やがて漏れ出す程度になった。

年嵩の足軽が、竹万の首を拾い、両手で支えて茂兵衛に捧げ示した。首は目を閉じ、安らかな表情をしていた。

「見届けた。御苦労！」

そう一声叫んで、広縁から立ち上がった。

第三章　花嫁の父、暴れる

一

徳川と真田の縁談話を聞いた秀吉は欣喜雀躍《きんきじやくやく》し、徳川の希望に沿う形での仲介に動いた。源三郎にはすでに正室がいたが、彼女を側室とし、於稲を正室として迎えるよう当主の真田昌幸に圧力をかけたのだ。今の正妻はまだ数えで十三歳の少女で、事実上夫婦の体を成していないことを秀吉は強く指摘した。

「安房守《あわのかみ》、敏《さと》いワレゴなら分かるはずやがな」

秀吉は大坂城に昌幸を呼びつけ、家康の真意について説いた。

「家康の奴ァ、北条のガキに娘を嫁がせておる。惣無事令を蔑《ないがし》ろにする北条が、朝敵と決まるその前に、旗幟《きし》を鮮明にしておきたかったのであろうよ」

「御意ッ」

素襖《すおう》に烏帽子《えぼし》を被った正装で昌幸が平伏した。秀吉の言葉遣いは、尾張中村《おわりなかむら》の野良で飛び交うそれと大差ないが、彼は紛うことなく貴人である。三年前の天正《てんしょう》十三年（一五八五）には関白、翌天正十四年（一五八六）には太政大臣となり、豊臣姓を帝から賜《たまわ》った。関白は成人した帝の助言者。太政大臣は太政官（政府）の筆頭者である。ちなみに摂政は、帝が幼かったり、病気、老齢な場合の代行者である。

「家康の奴ァ、今や七ヶ国の太守よ」

――正しくは、五ヶ国である。

「その娘がよォ。わずか四万石のワレゴの家に嫁いでくるのよ」

――真田家は六万五千石である。

「ありがてェことだとは思わんか。頭叩いて喜ばにゃ、ガハハハ」

場所は大坂城内、絢爛豪華たる大広間だ。綺羅星の如き大名豪族たちが正装し、居並んでいる。

「仰せの通りにございまする」

さらに平伏した。昌幸個人としても、こじれた沼田《ぬまた》問題で徳川が真田側に立ってくれるのはありがたい。素直に秀吉の仲介を受け入れる気になったらしい。

秀吉は、於稲の嫁入りを急いだ。

一昨年から昨年にかけて、秀吉は惣無事令を黙殺した島津義久を二十万人で攻めた。「己が布令を無視することは許さない」との峻厳な意思表示である。なあなあで済ませていると、天下人として鼎《かなえ》の軽重《けいちょう》を問われかねない。秀吉は必死であった。そして今、惣無事令に表立って反抗しているのは北条家のみだ。沼田領を巡る北条と真田の諍《いさか》いは、秀吉の天下統一に影を落としていた。

「沼田の真の持ち主が誰かなんぞ、そんなことはどうでもええ」

上座の秀吉が両腕を振り回し、大声で吼《ほ》えた。

惣無事令が禁じるのは「力による現状変更」である。その豊臣政権の大方針に北条は堂々と違背し、真田家が支配する沼田領へと兵を入れているのだ。その真田に、家康の養女が嫁げば、天下第二の実力者である徳川の「真田支持」「惣無事令支持」が、引いては「豊臣政権支持」が鮮明になろうというものだ。

「輿入れは早ければ早い方がええ。なんなら、手間の要る華燭の典など、後回しでええがね。そんな暇があったら、若い二人で子作りに励めや、ガハハハハ」

と、両家を急《せ》かせた。

　かくて、天正十六年（一五八八）四月、於稲は正式に家康の養女となり、信《しん》州《しゅう》上田《うえだ》の真田源三郎信之の元へ嫁ぐことになった。

於稲に付き従う正使は、徳川家の信州惣奉行として小諸城《こもろじょう》に拠る大久保忠世《おおくぼただよ》である。茂兵衛は小諸城まで、鉄砲百人組を率い、花嫁の輿を護衛するよう命じられた。小諸城以降は、忠世の副使となり上田城へ赴くことになる旨、本多正信から伝えられた。

「どうした、その面《つら》ァ？　不服そうだな」

正信が、笑いながら茂兵衛の仏頂面を覗き込んだ。

「や、別に……」

一応惚《とぼ》けておいた。

（七郎右衛門《しちろうえもん》様と一緒か……苦手だなァ）

正直そうは思ったが、まさかそのまま正信に伝えるわけにもいくまい。

忠世と茂兵衛は長い付き合いだが、忠世は徳川の信州惣奉行に就任した頃から、茂兵衛を煙たがるようになった。大きな喧嘩をしたことこそないが、なんとなく溝ができている。

（今回は、於稲様の輿入れだ。俺自身の「好き嫌い」なんぞは二の次だわなァ）

「やはり平八郎殿のことが気にかかるのか？　ま、分からんでもないが……これは殿直々の御下命だからなァ」

正信は茂兵衛の不服面を誤解した。茂兵衛は忠世のことを考えていたのだが、正信は平八郎の行動を心配していると勘違いしたようだ。

「おまんも、そろそろ一本立ちせェ。いつまでも平八郎殿の子分のままでは大成せんぞ」

「い、一本立ち？」

「ほうだら」

正信は説教を続けた。

「鉄砲隊と鉄砲百人組の違いが分かるか？」

「小馬印の有無にございますか？」

「まだ拘っとるのかい……たかが張りボテ一個だろ。些細なつまらんことだがや」

正信が辟易した様子で嘆息を漏らし、さらに続けた。

「ええか茂兵衛、一番の違いは小荷駄隊の有無よ」

「ほうほう」

通常の鉄砲隊は、小荷駄隊を持たず、兵站《へいたん》は指揮を受ける侍大将に依存する。つまり鉄砲隊単独では十分な戦《いくさ》はできないのだ。対して鉄砲百人組は三百人の内の三分の一は小荷駄隊である。兵站を自ら賄えるので、単独で戦場に投入され、継続的に戦うことができる。

「つまり、おまんは馬印こそ許されておらんが、役目の内容は『備』の頭領、つまりは侍大将と同じだということさ」

「はあ」

「戦場で誰の指揮命令も受けられんとき、徳川全体の損得を勘定して独自に判断を下すよう求められるのが侍大将である」

「なるほど」

「その事実上の侍大将たるおまんが、なんでも平八郎殿の顔色を窺う子分では配下の者たちに示しがつかんぞ。悪い事《こた》ァ言わん。そろそろ一本立ちせえや」

「……や、あの」

茂兵衛はすぐに反応できなかった。瓢簞《ひょうたん》から駒ではないが、正信の勘違いから、なんだか本質的な説教を受けてしまったようだ。

旅立ちの朝、茂兵衛は鉄砲百人組を率いて本多邸まで於稲を迎えに出向いたのだが、当主の平八郎は姿を見せなかった。

「殿は、昨夜お風邪を召されまして、今朝もお熱がございます。植田様、申しわけございません。稲姫様を宜しゅうにお願い致しまする」

家宰の河合又五郎《かわいまたごろう》がすまなそうに非礼を詫びた。明らかに仮病だろう。もし本当に病なら、あの平八郎のことだから意地を張り、這ってでも出てくる。

「河合殿、お気になさることはござらん。植田茂兵衛、姫様は確かにお預かり申しました」

この河合、元々は徳川の直臣で平八郎の寄騎だったが、平八郎の人柄と生き様に共感し、今ではその家臣となっている。ま、丑松の上役だ。

「茂兵衛小父《おじ》様、御免なさいね」

輿の中から、於稲が詫びた。若い娘が恐縮している。子供の心のまま大人に育ったような平八郎に周囲の者が人一倍の気苦労をさせられる。それでも人を引き付けて止まない魅力が平八郎にあるのは事実だが、それにしても、もう少し何とかなってほしいものである。

「お発《た》ちッ」

と、馬上の茂兵衛が声を張ると、百人の鉄砲足軽と、七十人の槍足軽、三十人の弓足軽に守られた於稲の輿が、東海道を北東に向かって静々と進み出した。駿府城《すんぷじょう》を出て東へと進み、興津《おきつ》から北上する。山間《やまあい》の道を万沢《まんざわ》（今の南部町）まで歩き、富士川に合流。富士川沿いの道を進み、身延《みのぶ》を経て甲府《こうふ》まで北上する。さらに北上を続け、八ヶ岳《やつたけ》の東麓を巻いて野辺山《のべやま》から佐久《さく》へ、小諸城へと抜ける道を選んだ。全長四十六里（約百八十四キロ）、高低差四十三丈（約千三百メートル）、九日に渡る大旅程である。

「小父様、ちょっと……」

輿の御簾《みす》をたくし上げて、於稲が茂兵衛を手招きした。

日に五里（約二十キロ）を進み、今日で旅も三日目だ。山間の甲州往還《こうしゅうおうかん》を北上中である。左手には身延山、右手には富士川の流れ、その彼方には富岳《ふがく》が聳《そび》えているはずだが、生憎《あいにく》、毛無山《けなしやま》などを含む天子《てんし》山地に阻まれて眺望はあまり利かない。

「はッ」

鐙《あぶみ》を小さく蹴って、輿に馬を寄せた。甲冑に陣羽織姿の茂兵衛は、常に於稲の輿のすぐ傍らを進んでいる。護衛隊の指揮を執るということは、守るべき貴人に命を捧げるということだ。いざとなれば、於稲の弾除《よ》けとなって死ぬ覚悟はできている。のんびり離れていては用をなさない。

輿の後に続いていた十名ほどの侍女たちが、遠慮して少し距離を置いた。

「どうされました？」

「小父様に御相談すべきことではないのですが……」

と、於稲は声を潜めた。

「於清《おせい》様のことです」

「ああ、なるほど……」

なかなか深刻な相談のようだ。

関白秀吉の意向により、源三郎の正室は側室に降格となった。その元正室の名を於清というのだ。当年取って十三歳——まだ少女である。

「聞けば、お父上のお顔も御存知ないとか……」

於清の父は、真田信綱《さなだのぶつな》という武田家の侍大将であった。真田昌幸の十歳年長の兄である。天正三年五月に長篠戦《ながしののいくさ》で、織田徳川方の馬防柵に突っ込み討死している。於清は父の死後、翌天正四年の一月に生まれた。当主武田勝頼は、すでに他家を継いでいた昌幸を真田の当主に据えるべく、乳飲み子の於清を、将来源三郎の嫁とするよう命じた。信綱の娘と昌幸の嫡男との婚姻により、昌幸の真田家当主としての正当性が高まると考えたようだ。

「そこへ来て此度は私が、正室の座を奪うような形になり……まだ幼い姫ですのに、お労《いたわ》しいことだなァと。申しわけないことだなァと」

と、目頭を細い指先で拭った。

「稲姫様が、お案じになることではございません。家康公と関白殿下が、天下の仕置きを踏まえて、お決めになったことですから」

「私、於清様にどう接したらよいのか、見当もつきません」

難しくも微妙な問題である。

茂兵衛は於稲を観察することにした。彼女が今、幼い頃から知る茂兵衛に、只々《ただただ》悩みを聞いて欲しいだけなのか、それとも切実に助言を求めているのか、よくよく見極めねばならない。前者なら、黙って傾聴し、共感し、寄り添うべきだし、後者なら、良策を過不足なく提示せねばなるまい。女心には疎い茂兵衛だが、妻の寿美に関しては、ここを取り違えると大変なことになる。

（さあ、どちらだろうか？）

於稲は美しい目で茂兵衛を黙って見つめている。これはどうも、答えを求めているようだ。茂兵衛は、少し考えてから於稲に説いた。

「二つのことを、どうぞお心にお留め下され」

関白が輿入れを急かしているので、隊列を止めてゆっくり話を聞くことは憚《はばか》られた。馬上から、揺れる輿に向かって語りかけた。

「源三郎様は心優しく、公正というだけではなく、とても思慮深いお方にございます。稲姫様はもちろん、於清様にも必ず配慮を示されるはず。まずは、夫君を御信頼なさいませ」

「ありがたいことです。源三郎様を信じることに致します」

於稲が、自分に言い聞かせるように呟いた。彼女は、源三郎を知らない。今は茂兵衛が語って聞かせた範囲内でのみ、未来の夫を想像するしかないのだ。

「次に、於清様のことは、妹御と思し召すのは如何《いかが》。稲姫様は十六、於清様は十三歳、丁度いい歳回りにござる。もし『我が姉よ』『我が妹よ』とのお気持ちを持てれば、互いに得難い存在となりましょう。生涯の朋《とも》ともなり得ましょう。お気の持ちよう一つにございまするぞ」

輿の中の於稲は、黙って深く頷いた。そして輿の御簾が静かに下ろされた。

茂兵衛は、小さく会釈し、馬の手綱を引いて輿から離れた。

（ま、そうそう上手くはいくまいて。有り体に言えば、相手がどう出るかによるわな）

右手眼下を流れる富士川に目を落としながら、生々しい本音で考えてみた。

（ただ、於稲様は天下第二位の家康公の養女だ。関白の肝煎での輿入れだ。背景が強い。父親はすでに亡く、実家も上田の真田家に吸収された於清様が喧嘩腰で接してくることはまずあるまい。齢《よわい》も三つ下だしな。戦々恐々としているところに、心底からお優しい於稲様が笑顔で対応されれば、まずは靡《なび》いてくる。全て上手くいく……と、俺はそう読むが、はたしてどんなものであろうかな）

富士川の流れが渦を巻き、白く泡立って見える。しかし、わずか二町（約二百十八メートル）下流では、川は淵となり、穏かに流れるものだ。人の人生もまた斯《か》くの如し。過度に案ずることもなかろう。

二

その翌日——駿府を出てから四日目には、山間の道から、広い鍋の底のような甲府盆地へと出た。一気に眺望が開け、空気まで変わる。生まれて初めて甲府の地を見た於稲は、輿の中で歓声を上げた。

茂兵衛は用心のため、本隊の前後に、それぞれ十町（約千九十メートル）の距離をおいて足軽の一隊を歩かせ、警戒を怠らなかった。先行しているのは偵察隊で、後続は殿軍《しんがり》隊である。午後遅く、陽が傾いた頃になって、殿軍隊の足軽が、息急き切って追いついてきた。

「申し上げます」

足軽は、茂兵衛の馬前に片膝を突いて控えた。

「背後より騎馬武者、約二百騎ほどが追いついて参ります」

「どこの者だ？　旗指《はたさし》は？」

茂兵衛が質《ただ》した。

「まだ遠くゆえ、見えませせぬ」

「甲冑を着けておるのか？」

「馬上が黒々と見えますゆえ、おそらくは武装しておりまする」

遠望すれば、具足武者の集団は黒く見えるものだ。

「う～む」

ここは徳川領だ。甲府の地は天正十一年（一五八三）以来、平岩親吉《ひらいわちかよし》が郡代として治めている。織田支配の時代とは異なり、大きな一揆も起きず、まずは平穏だ。家康の養女が、二百騎の騎馬隊から襲撃を受ける事態は考え難い。

ただし、北条がいる。

北条家と徳川家は、今でこそ姻戚関係にあり親しいが、天正壬午《じんご》の乱では甲斐信濃の領有を巡って激突した間柄だ。さらに惣無事令が出た今も、北条は沼田領に兵を出していると聞く。油断はならない。

「おい、辰蔵！」

「ははッ」

辰蔵が隊列の後方から馬を走らせてきた。もし本当に北条勢なら、政治的にも軍事的にも面倒なことになる。ここは経験豊富であり、知恵も回り、腹も据わっている辰蔵を起用することに決めた。

「騎馬武者二百騎が追い付いてくるそうだ。敵か味方かも分からん。御苦労だが右手の高台に放列を敷き、この場所でお出迎えせよ」

と、西方の小高い丘を指し示した。

「鉄砲五十。槍三十。弓二十を連れて行け」

戦力の半分を、辰蔵に委ねることにした。

「どの程度、本気で撃ちかけてよろしいか？」

「相手次第だら。おまんが誰何《すいか》しても答えんようなら、止まらんようなら、遠慮するな。一戦交えてよし」

なにしろ、於稲の輿に近寄らせるわけにはいかない。高台に展開する五十挺の鉄砲隊なら、疾駆する二百騎の騎馬隊もある程度は制止し得るだろう。初弾の斉射で前進を止め、支援の弓隊と槍隊が時を稼ぐ間に、第二弾の斉射が可能となれば勝機はある。

「もし北条だと名乗ったら？」

「前を往くのは徳川家当主の娘であるから、これ以上は近寄らせぬ旨を伝えよ。それでも引き返さぬようなら、本気で阻止せよ」

ふと、本多正信の忠告が頭を過《よぎ》った。正体不明の騎馬隊が急迫してくる。これを迎撃すれば、大戦へと発展してしまう可能性すらあるのだ。辰蔵は一介の寄騎に過ぎない。開戦の責任を負わせるわけにはいかない。発砲の基準を茂兵衛が明示し、それに従う限り、辰蔵は責任を負わずに済む。反対に、こうして独立の部隊を預かる茂兵衛には、すべての責任がかかってくる。誰かの命令に従ったから無答責、とはいかないのだ。正信が、平八郎の顔色ばかりを窺い、フラフラしている茂兵衛に「百人組を預かるのを機に子分は辞めろ、一本立ちせよ」と苦言を呈したのは、つまりこういうことだったのだろう。

「委細承知！」

辰蔵が、預かった軍勢を率いて丘に駆け上っていくのを見ながら、茂兵衛は左馬之助に先を急がせるよう命じた。

「隊列を間延びさせるな。できるだけ固まっていけ」

天正十六年（一五八八）四月十一日は新暦になおせば五月の六日だ。気温も上がってきており、一同は大汗をかきながら四半刻（約三十分）近くも北上を続けた。その頃になると、騎馬隊が巻き上げる土煙が見えてきた。

「お頭《かしら》、騎馬隊が追いついて参ります。放列を敷きまするか？」

後方の空には土煙が舞っている。もうすぐ二百頭分の蹄《ひづめ》の音が聞こえてくるだろう。

「そうだな……」

鐙を踏ん張り、仁王の鞍上で伸び上がった。素早く周囲を見回す。野戦《のいくさ》の場合、鉄砲隊は少しでも高台に布陣するのが心得だ。

（左手は小高い丘だが、やや距離があるなァ）

於稲の輿と侍女たちが丘に上る前に、騎馬隊が来てしまいかねない。

「左馬之助、前方の林が見えるか？」

前方半町（約五十五メートル）の距離にある、粗樫《あらかし》だか白樫《しろかし》だかが、こんもりと数十本密生する木立を指し示した。

「はッ」

「あそこを仮の砦とせよ。輿と女共を繁みに隠した上で、放列を敷いて備えよ」

陽がだいぶ傾いており、鉄砲隊には西日が大敵となる。ただ、騎馬隊は南から来る。角度的に、西日が射手たちの目に入ることはないだろう。

「俺は、か奴らの正体を見極めてくる」

「お頭、危険では？」

「なに、大丈夫さ」

残してきた辰蔵隊が発砲した様子はない。斉射音が聞こえないとなれば、やってくる騎馬隊は「味方」あるいは「無害」ということになる。樫の林に放列を敷くのは、万々が一に備えてのことだ。

（どこのどいつだか見極めてやる。一人で行くのも威厳に欠けるから、一騎連れていくか。誰を連れて行くかな……ま、小六だろうな）

「おい小六、一緒に来い！」

そう怒鳴って馬首を巡らし、追ってくる謎の騎馬隊に向けて、仁王の鐙を蹴った。駆け出すと、馬の蹄の音が後を追ってきた。小六だとは思うが、振り返って確かめたりはしない。威厳を損ねる。

二ヶ月《ふたつき》ほど前に、小六は生まれて初めて人を斬った。以来、以前のような能天気さが影を潜めたのはいいが、薬が効きすぎて、時折塞ぎ込んでいるそうだ。辰蔵などは気鬱の病を心配している。

（ま、その内、手前《てめ》ェで折り合いをつけるだろうよ。それが出来ねェようなら、武人には向かねェわ。花井に弟子入りさせて郡方《こおりかた》でもやらせるさ）

阿呆の花井庄右衛門は、天正十三年に戸石城《といしじょう》の牢獄から生還して以来、郡方として働いている。時折は植田邸を訪れて酒を飲んで帰るが、郡方の仕事も、それなりに「やり甲斐がある」と言っていた。

「お頭、奴らの背には旗指がねェです」

後方で馬を駆りながら、小六が叫んだ。騎馬隊との距離が縮まると、彼らの異様さがハッキリしてきた。通常なら、どこの家中かを示す合印《あいいん》の幟旗《のぼりばた》なり、己を示す自分指物《じぶんさしもの》なり、なにかしら背負っていそうなものだが、それがない。さらには、兜の立物《たてもの》まで見えない。どこの誰だか分からない。というより、正体が分かるようなものをすべて外しているのだ。ちなみに、兜の前立《まえだて》、脇立《わきだて》などは決して堅牢に取り付けられてはいない。材質も木や張り子ですぐに折れる。あくまでも飾りなのだ。

(胡乱《うろん》な奴らだら。どうして辰蔵の野郎は、すんなり通した?)

「止まれ、小六」

と、手綱を引き、馬を止めた。仁王が不満げに嘶《いなな》いて止まり、小六もこれに倣った。

正体不明の怪しい騎馬隊は地響きを上げてどんどん接近する。

「止まれッ」

と、先頭を走っていた大柄な騎馬武者が片手を上げて叫んだ。騎馬隊が一斉に

井原忠政 戦国心得

2023年3月
〈第3号〉
井原忠政戦国心得
制作委員会
担当：小学館

「三河雑兵心得」第11巻書名変更について
只管御寛恕請次第

三河雑兵心得の第十巻で、井原は「鉄砲百人組頭＝侍大将」と決めつけました。文庫の帯には〝次巻『侍大将仁義』〟との記述も見えます。

しかし、その後色々と調べた結果「鉄砲百人組頭＝侍大将には無理がある」と考えるに至りました。よって第十一巻のタイトルも「百人組頭仁義」となっております。「茂兵衛もいよいよ侍大将か！」と期待された方々、御免なさいです。

後の幕府職制表を眺めると、鉄砲百人組の組頭は、足高三千石となっています。勘定奉行、江戸町奉行、大目付と同格で、旗本の中ではほぼ最高額の高給取りです。

百挺もの鉄砲を装備する百人組は独立した戦闘単位であり、小荷駄隊を持ち、単独で戦場に投入されました。その指揮官なら、侍大将と呼んでもよさそうです。

侍大将を百人組頭に変えた理由は身分差

ただ、勘定奉行、江戸町奉行、大目付の官位が諸大夫（従五位下）なのに対し、百人組頭は布衣（正六位）で、格が一つ下がります。むしろ、典型的な足軽大将である先手組頭と同格なのです（但し、先手組頭の足高は千五百石で百人組頭の半分しかありません）

この従五位下と正六位の差は大きく、従五位下への叙爵は「上級貴族への仲間入り」を意味しました。つまり「百人組頭は上級貴族ではない」ということになります。

待遇面では侍大将級だが、身分的には足軽大将と同格。ま、「古株の足軽大将」ぐらいが実相かも知れません。

総大将家康にとって使い勝手のよい部隊

鉄砲百人組は、当時としては新しい思想の部隊でした。所謂「備」ほどの規模を持たず、それでいて輜重を自ら賄える独立性を有しています。「小規模な備」といったところでしょうか。総大将家康にとって、さぞや「使い勝手のよい部隊」だったはずです。現代の軍隊における「独立大隊（バタリオン）」乃至は「大隊戦術軍（ＢＴＧ）」に相当すると勝手に考えています。

今後、茂兵衛は独立性の高い強力な鉄砲隊を率いることになります。ただし身分は「古株の足軽大将」程度――この線で執筆を続けさせて頂けると幸甚。諸々宜しくお願い致します。

出版社 担当者通信

小学館 出版局文芸編集室
「北近江合戦心得」編集担当 米田光良

『長島忠義 北近江合戦心得〈二〉』7月発売! 初登場の石田三成は与一郎の幼馴染かも!?

著者にお聞きしたところ、北近江シリーズの主人公・大石こと遠藤与一郎は架空の人物だが、浅井家重臣の遠藤家は実在する。敵役・阿閉万五郎も実在するが、年齢不詳をいいことに、与一郎と同年としたとか。じつは、藤堂高虎と片桐且元も同年、さらに2年後に石田三成が生まれる。

ほぼ同年齢の5人は、北近江で生まれ育った幼馴染だったかもしれない。それぞれ紆余曲折を経て、豊臣家に仕えた「同じルーツをもつ5人の若者」の流転を描けば、面白いドラマになる。それが本シリーズの、そもそもの着想だったらしい。秀吉は北近江12万石の大名になり、家臣が足りず、浅井家の旧臣を大量に召し抱えた。後年、彼らは浅井長政の娘・淀君の下に参集し、関ヶ原を経て、豊臣家は滅亡に至る。5人を育んだ琵琶湖東岸の山河。シリーズ名を北近江とした所為である。

◀琵琶湖と北近江の山河。(撮影/西川雅司)

●『三河雑兵心得12』は2023年9月中旬の発売予定です。
●「井原忠政 戦国心得」第4号は、2023年7月上旬刊行予定の『長島忠義 北近江合戦心得〈二〉』(小学館文庫)に入ります。

『井原忠政 戦国心得』は双葉社、小学館の協力のもとで発行します。
双葉社 https://www.futabasha.co.jp/
小学館 https://www.shogakukan.co.jp/

戦国ファン待望の《第二巻》2023年7月上旬発売予定!
いざ船上の大激戦！
信長、全軍に長島一向一揆討伐を発令！秀吉の弟・長秀隊の与一郎と弁造、尾張津島へ出陣。
天正2年。木曽三川の河口に対峙する
織田勢12万 VS. 一揆勢10万
長島忠義《ながしまちゅうぎ》
北近江合戦心得〈二〉
井原忠政
小学館文庫
イラスト／スカイエマ

手綱を引き、その場に止まった。幾頭かの悍馬は興奮を抑えきれずに、嘶いたり、棹立《さおだ》ちになったりしている。まだ進みたいのだ。茂兵衛の側から見る限り、この眺めは、突っ込んでくる直前の敵騎馬隊のそれだ。人も馬も、あからさまにいきり立っている。

先頭の大柄な騎馬武者が、一騎で馬を前に進めてきた。彼の足は長く、馬の腹から地面に届きそうだ。

（あの感じ……ま、大体想像つくわなァ）

「おまんは、ここで待て」

振り返ることなく、小声で小六に命じた。

「俺になんぞあったら、左馬之助のところに駆け戻って報告しろ。その後は奴の下知に従え」

「承知ッ……お気をつけて」

小六が緊張した声で応じ、茂兵衛は鐙を軽く蹴り、仁王を前に進めた。

（お気をつけて、か……ふん、可愛い台詞《せりふ》も言えるじゃねェか）

茂兵衛は、内心でニヤニヤしながら仁王をゆっくりと進ませた。

三

茂兵衛と大柄な騎馬武者は、およそ五間（約九メートル）の間合いを置いて馬を止め、対峙した。

（ああ……思った通りだわ。辰蔵が黙って通したわけだら）

大柄な騎馬武者は面頰《めんぼお》を着けており、鹿角《かづの》の脇立も、金色の大数珠も外していたが、本多平八郎その人であることは一目瞭然だった。

「茂兵衛、なにもゆうな。黙って護衛の役目、今だけワシに譲れ」

「それは殿様の御下命にございまするか？」

茂兵衛が、猛《たけ》る仁王を輪乗りしながら質した。

「殿にはなにも話しておらん。ワシの一存だがや」

堂々と独断専行を宣言している。

「指揮をお執りになるとして、如何されるおつもりですか？」

「知れたことよ」

面頰の奥で、徳川随一の猛将が含み笑いをした。

「真田源三郎を、直に会って吟味する。ワシの心に適わぬ場合は、奴を刺し殺し、於稲を駿府へ連れて帰る」

（おいおいおい、どこをどう突けば、そうゆう無茶苦茶な発想が浮かぶかな。気に食わなければ殺すだと？　何処《どこ》の暴君だよ）

と、心中で苦虫を嚙《か》み潰しながらも、穏かな表情で言葉を返した。猛る獣に怒鳴り返しては、火に油を注ぐようなものだ。ちなみに、茂兵衛は甲冑に陣羽織姿だが、面頰はつけていない。

「しかし平八郎様、徳川の重臣《おとな》が大名家の御嫡男を刺し殺したと聞けば、関白様は『惣無事令への反逆』とばかりに、徳川家を譴責《けんせき》されましょうな。殿様に御迷惑がかかりまするぞ」

「だからこそ、こうして旗指も立物も外し、糞暑い中に面頰を被り、誰だか分からんようにしてやってきとるんだがね。どうせ初対面。ワシが本多平八郎だと真田の奴らに分かりようがねェわ」

天正十三年の上田城攻めの後も、平八郎は信州に来ていない。浜松城在番、駿府城在番と本拠地を動いていないのだ。徳川にとっての主敵が、真田などではなく、秀吉であったことの証である。ちなみに、上田合戦の折に援軍を率いて信州にきたのは井伊直政《いいなおまさ》だった。

「たとえ平八郎様とは分からずとも、徳川家の身分ある者が、源三郎様を刺し殺したという事実だけで惣無事令への違背を問われましょう。そもそも、今回の縁組は関白様の肝煎にござれば……」

「ならばさ」

苛々と平八郎が茂兵衛の長広舌を制した。

「北条家の者と名乗るわい。嘘も方便だからのう」

「殿の御息女督《とく》姫様は、北条家御当主の正室にございまする。つまり、主人家康公の御娘婿《おんむすめむこ》殿に罪を擦《なす》りつけること……」

「やかましいわ！」

ここで平八郎が癇癪《かんしゃく》を起こした。怒声に驚いた仁王が、鼻を鳴らして足踏みをした。平八郎はこれまで、随分と自制していたと思われる。我慢していたはずだ。しかし、遂に切れた。

「おまん、糞生意気にもワシに意見する気かァ！　黙って指揮を譲ればええんじゃ！　このドたァけがァ！」

面頬越しにも、平八郎が激怒しているのがよく分かった。茂兵衛を指さし、まくし立てている。しかし、茂兵衛としてもここは譲れない。主人の命を受けているのだ。明日にも戦場で「死ね」と命じるかも知れない配下たちのためにもここで折れることは許されないのだ。

「そうは参りません」

叫んでから、背中を冷や汗が流れ落ちた。元々自分は、平八郎配下の足軽として、鍾馗《しょうき》の四半旗を掲げていた身だ。年齢こそ平八郎が一つ下だが、茂兵衛としては、親とも兄とも慕い付き従ってきたお方だ。

「こらァ、茂兵衛！　おまん、正気か！」

「それがし、殿様から直接、小諸城までの稲姫様御行列の護衛を命じられております る」

「あの繁みに隠れとるのは、ワシの可愛い娘じゃ。てて親のワシが護衛するのになんの不都合があると申すか」

「助太刀頂くのは嬉しゅうございまするが、ならば、それがしの采配に従って頂きまする」

「お、おまんの采配に従え……だと？」

そう呟くと平八郎は、茂兵衛を睨んだまま押し黙ってしまった。風の音と、馬の鼻息が聞こえるのみだ。

(まずいな……表現が若干、生々し過ぎたか)

「植田茂兵衛よ」

平八郎が声を張った。珍しく苗字から呼ばれた。

「おまんの心底はよう見えた。付き合いもこれまでだ。ただな、ワシもテテ親としてこのまま退くわけには参らん。ここは一戦も辞さず。力ずくで於稲を貰っていく」

(おいおいおい。まさか徳川の騎馬隊と鉄砲隊で同士討ちかい……これ、どうするよ?)

「やい茂兵衛!」

「はッ」

「今まで、おまんに遠慮して口にせなんだことが一つある。ワシは、鉄砲が大嫌いよ。鉄砲が主戦となって以来、士道は廃れた。百姓あがりの足軽共が幅を利かせおって。このことは、我が騎馬隊二百騎の誰もが感じておることだ」

(なるほど、その皆様のおかげで、俺ァ小馬印を立て損ねたわい)

平八郎の背後に控える騎馬武者たちの中には、茂兵衛が侍大将として小馬印を掲げることに反対した者が数多《あまた》いるはずだ。

「ええ機会だから、本物の三河武士の神髄を見せてくれる。南蛮の得物と百姓あがりの足軽たちで、我らが行き足、止められるものなら止めてみろ」

（駄目だ。ありゃ本気だわ……頭のトチ狂った二百騎に突っ込まれたら、とてもじゃねェが鉄砲五十挺では止められん）

五十挺の鉄砲で倒せる敵は最大でも五十騎なのだ。それでも鉄砲隊の斉射が突撃の制止に有効なのは、その轟音で相手が怯むからに他ならない。歴戦の平八郎隊が鉄砲の音に怯むとは思えないから、つまり、突撃は止められないということになるのだ。

（いっそ、ここは退くか？　名より実を取るべきだ）

との考えが頭を過《よぎ》った時、西方の高台に、徒武者の群れが姿を現した。数がどんどん増え、百人ほどに――辰蔵の鉄砲隊だ。

「放列を敷け！」

頼もしい義弟の声が響いてきた。その布陣が絶妙だ。平八郎の騎馬隊は、茂兵衛の背後の左馬之助の五十挺と辰蔵の五十挺から、十字砲火を浴びせかけられる位置に固まっている。さらには、辰蔵隊は夕陽を背にしており、騎馬隊からは見え難い。放列を敷くときの心得である。やはり辰蔵だ。頼りになる。

「茂兵衛！」

辰蔵隊の展開を黙って眺めていた平八郎が呼びかけた。

「はッ」

「おまん、してやったりとほくそ笑んどるのだろうが、どっこい、そう容易《たやす》くはやられんぞ。目にもの見せてくれるわ」

との捨て台詞を残し、平八郎は馬をゆっくり歩かせ、悠然と騎馬隊の方へ戻って行った。

（や、それでも、この布陣なら勝てる）

左馬之助隊は樫の木立という砦に籠り、辰蔵隊は夕陽を背にして丘の上から撃ち下ろす形だ。百人組が絶対有利。散々撃ちすくめた後には、槍足軽たちを突っ込ませる。騎馬武者は徒士の槍兵には分が悪いものだ。平八郎は下馬して戦うことを命じるだろうが、その頃には、槍足軽たちは波のように退くはずだ。そして二度目の斉射がくる。その繰り返しで、相手側はどんどん人数を減らす。騎馬隊に勝機は薄い。

（それでも平八郎様は突っ込んでくるだろうなァ。嫌だなァ）

平八郎の騎馬隊は、名門出身の猛者《もさ》を厳選している。もし茂兵衛隊がこれを撃退しても、戦いの後には、茂兵衛のことを「親の仇」「倅《せがれ》の仇」と恨む徳川家譜代衆をゴマンと排出することになる。そして己が職務をはたしたことで、身内から恨みを買った茂兵衛を、家康という主人は、決して護ってくれないはずだ。

（勝っても負けても、俺はここまでだら。なにせ、人気抜群の平八郎様と一戦交えるのだからなァ）

茂兵衛は嘆息を漏らした。

（善四郎様の御次男を養子に貰って家督を譲り、俺は隠居しよう。二十数年頑張ってきても、まだ百姓百姓ゆわれるんだ。決して本当の仲間内には入れて貰えねェ。もう疲れ果てたわ）

ただ、隠居するにしても、この戦いだけは譲れない、負けるわけにはいかないのだ。もし負ければ、家康から命じられた護衛の役目をしくじることになる。さらには、恩ある源三郎に迷惑はおろか、危険が及ぶことにもなりかねない。

「火蓋を切れッ」

丘の上からは辰蔵の、林の中からは左馬之助の裂帛《れっぱく》の号令が響いてきた。

いよいよ開戦だ。こんな場所にいたら、配下たちの射撃の邪魔になるだけだ。

「小六、下がるぞ」

と、馬首を巡らしたそのとき、半町（約五十五メートル）先の樫の木立の中から、一丁の輿が進み出た。左馬之助指揮の鉄砲隊が左右に割れて輿を通す。輿には十名ほどの侍女が俯きがちに付き従い、鉄砲隊と騎馬隊の間へと割って入ってきた。

御簾が巻き上げられ、於稲が姿を現すと、侍女が履物を揃える。於稲は歩み出て背筋を伸ばし、双方を見た。

「今私は、権大納言《ごんだいなごん》源《みなもとの》家康の養女《むすめ》として、この場に立っております。貴方がたは主筋の者に鉄砲を向けるのですか？」

凛《りん》とした声で、まずは茂兵衛隊を窘《たしな》めた。

茂兵衛が慌てて、左馬之助と辰蔵に手で合図を送ると、はるか丘の上と木立の中から「火蓋、戻せ！　鉄砲を立てよ！」の号令が聞こえた。

於稲は、茂兵衛に目礼した後、平八郎に向けて数歩、歩み寄った。

「本多平八郎様、義父《ちち》は私の護衛を、この植田茂兵衛に命じたのです」

「於稲、なにを他人行儀なことを……」

と、平八郎は天をあおぎ、両腕を大きく広げた。

「お黙り下さい！」

実娘が実父を窘めた。

「主人の養女《むすめ》に、馬上から言葉をかけるのですか？」

「な……」

平八郎は絶句したが、背後の二百騎は、命令を待たずに馬から下り、その場に片膝を突き畏《かしこ》まった。

「世も末じゃ」

そう呟くと、平八郎も嫌々馬を下り、首を振りながら片膝を突いた。

「小六、馬を下りよ」

茂兵衛と小六も慌てて下馬し、片膝を突いて畏まる。

夕陽が広大な甲府盆地を茜色《あかね》に染め始めていた。於稲はしばらく間を置いてから、言葉を選ぶように、ゆっくりと語り始めた。

「私は、義父《ちち》の……家康公の御判断に従うべきだと思いまする。騎馬武者衆には申しわけないのですが、ここは駿府へとお退き頂きたく思います」

「於稲、そりゃ無体だがね。酷だがね。ここから引き返すのか？」

平八郎が零した。おそらくここまで、二日は駆け通しだったはずだ。人も馬も疲れ果てている。

「では本多様、御一緒致しましょう。ただし、私の行列の二町（約二百十九メートル）後方からついて来て頂きます。それで宜しければ……」

「ああ、ええよ。おまんを守れればそれでええ。ただ、一つどうしても譲れんのは、真田源三郎にひと目会わせろ。華燭の典の前にだ」

「最前、お気に召さなんだ場合、源三郎様を刺し殺すと仰っておられましたね」

「あ、あれは言葉の綾だがや。冗談だがね……ワシは、狂人じゃねェわ」

背後の騎馬衆の間から、忍び笑いが漏れた。平八郎が振り返って睨みつけると、シンと静まった。

「此度の縁組は関白殿下と義父が、大局を見極めた上で決めたもの。それを台無しになさらないことをお誓い下さい」

「ち、誓う」

「では……」

と、於稲はここで茂兵衛を窺った。茂兵衛は幾度も頷いた。

「真田源三郎様との会見を御用意致しましょう。それからもう一つ……」

「於稲、まだあるのかい」

平八郎が首筋を掻いた。

「最前、茂兵衛小父様とまた絶交するようなことを仰いましたね。付き合いもこれまでだとか。あの言葉をこの場で取り消して下さい」

「於稲、おまんも聞いておったろう。この恩知らずはワシに、事もあろうに、己が指揮下に入れと抜かしおったのだぞ」

「小父様は、主人家康公の御命令を実行しようとされただけです」

於稲の背後で、茂兵衛は幾度も頷いてみせた。

「父上と小父様は仲違いされても、どうせすぐに縒《よ》りを戻されるのでしょ……傍から見ていて恥ずかしい。今この場で、絶交をお取り消し下さい」

「と、取り消せって……」

しばらく父と娘は睨み合っていたが、やがて平八郎の方が折れた。

「分かったよ。真田源三郎にひと目会わせてもらうだけでええ。他のことは於稲の申す通りに致すわい」

茂兵衛が背後から見ていると、於稲の両肩が一度持ち上がり、ストンと落ちた。よほど緊張していたようだ。戦場での駆け引き以外では、父平八郎の判断には信頼が置けない。平時では、なにをしでかすのか分からない御仁なのだ。そのことを知悉《ちしつ》している於稲は、もし、自分の所為《せい》で同士討ちなどが始まっては一大事と身を硬くしていたのだろう。

「小父様、陽が暮れます。先を急ぎましょう」

於稲が振り返って茂兵衛に言った。

「ははッ」

と、頭《こうべ》を垂れてから立ち上がった。少し足元がふらついた。

四

翌朝、茂兵衛は寄騎を一人、小諸城へと先行させることに決めた。

旅はまだ半ばで、この先二十五里（約百キロ）ほどもある。しかし、急遽平八郎の二百騎が同道することになったので、真田方への根回しを、あらかじめ小諸城の大久保忠世に「頼んでおかねばなるまい」と考えたのだ。百挺の鉄砲隊に、殺気立った騎馬隊が二百騎も地元に雪崩《なだ》れ込んでくれば、真田昌幸ならずとも警戒するだろう。なにせ三年前の天正十三年に、上田城攻めで徳川が大敗して以来、物理的にも心情的にも睨み合ってきた両家なのである。疑心暗鬼が誤解を生んで妙な事態にでも発展したら大変だ。

初めは辰蔵を先行させようかとも考えたが、結局左馬之助を行かせることにした。韮崎《にらさき》から先は山道に入る。野辺山原《のべやまはら》などは、荒野に佐久往還《さくおうかん》が一本貫通しているだけだ。山賊や獣の害も考えられるので、護衛を付けたい。ただ、足の遅い足軽隊が護衛では、先行させる意味がなくなる。そこで平八郎に頼み、若い騎馬武者を五騎借り受け、使者に同道させることにしたのだ。

で、その場合、名門出身者ばかりの騎馬武者衆と茂兵衛と同じ農民出身の辰蔵では反りが合うまいと判断した次第だ。左馬之助なら、元々深溝松平《ふこうずまつだいら》の重臣の家の出身だから、騎馬武者たちとの相性も問題ないはずだ。

「そうゆう次第でさ。まったくご苦労なことだが、小諸城まで、ひとっ走り頼むがや」

と、茂兵衛は左馬之助に、大久保忠世宛の書状を託した。状況を説明し、協力を求める書状である。源三郎が「小諸まで花嫁を出迎える」体裁とし、ごく自然な形で婿と舅《しゅうと》の対面を実現したい旨も認《したた》めた。

「難事にございまするなァ……もし、真田側が拒んだら？」

左馬之助が不安げな表情で質した。

「そこは七郎右衛門（大久保忠世）様に動いて貰わねばなるまいよ」

「動いてくれますかね？」

「どうゆうことだら？」

茂兵衛が眉を顰《ひそ》めた。

「や、それが……」

左馬之助と辰蔵は、鉄砲百人組の寄騎として茂兵衛隊に引き抜かれるまでは、忠世麾下《きか》の鉄砲隊で寄騎を務めていたのだ。任地は小諸城だった。

「つまり、俺の身内ということで虐《いじ》められたのかい？」

「虐められるまではないですが、多少は煙たがられて……」

茂兵衛と忠世の関係性は、ここ七、八年ほどギクシャクしがちだ。身分が違うから大喧嘩こそしないが、どうにも気まずい。

「そんなときは彦左様や忠佐《ただすけ》様が、とりなしてくださいましてね」

大久保彦左衛門《ひこざえもん》と大久保忠佐は忠世の弟だ。兄の下で大久保党と徳川領信濃を支える股肱《ここう》となっている。兄と違い、この二人は茂兵衛と馬が合う。左馬之助は、彦左と忠佐にも、助勢を頼む旨の書状を持参した方がいいと忠告してくれた。それはいい。早速、仁吉に筆と硯《すずり》を用意させた。

総じて、平穏な旅と言えた。

四日目の夕刻の一触即発以外、さしたる異変はなかった。一行は初夏の清々しい甲斐路、信濃路を、雲上で鳴く不如帰《ほととぎす》の声に癒されながら、のんびりと歩いた。一ヶ月《ひとつき》早ければ寒く、一ヶ月《ひとつき》遅ければ暑かったろう。季節の間隙を縫っての幸運な旅が続いた。

駿府を発ってから九日目の昼、一行は小諸城へと入り、八泊九日の長旅は終了した。関白の意向もあり、なにしろ急いだ。本来、嫁入りの行列は、もう少しゆるりと進む。この時代の高貴な女性は、一度奥向きに入ると、そうそう遠出はしなくなるから、せめて嫁入先へと赴く道中ぐらいは、ゆっくりと楽しむものなのだ。しかし、関白にも、家康にも、真田家にも利のある縁組だけに、善は急げということで周囲が躍起になっていた。

「よう見えられた。稲姫様に茂兵衛……驚いたことに、平八郎殿も御一緒か。これは嬉しい」

相変わらずの団栗眼《どんぐりまなこ》を大きく見開き、大手門で忠世が出迎えた。信州惣奉行に補されて以降、多少偉ぶったところが見える忠世だが——そして、そのことが茂兵衛との確執の一因ともなっているのだが——やはり家康の養女と、平八郎が来るとなると、大手門まで出張ってくるらしい。

「七郎右衛門様、此度は宜しくお願い致しまする」

茂兵衛は馬から飛び下り、慇懃《いんぎん》に頭を垂れた。於稲を上田城へ送り届ける徳川の正使は忠世である。茂兵衛は副使としてこれに付き従う。正使と副使でいがみ合ってよいことはないから、とりあえず下手に出て、機嫌をとっておくことにしたのだ。

「おお、茂兵衛……」

と、忠世が顔を寄せ、声を潜めた。

「書状、読んだ。後で彦左を宿舎に遣わす。弟と相談してみてくれ」

「はッ。お待ち致しております」

彦左が茂兵衛贔屓《びいき》であることは、忠世もよく知っている。彼を寄越すということは、現状、茂兵衛に対して忠世も友好的であるとの証だろう。ホッと胸を撫で下ろした。

「では、後でな」

忠世が、目を細めて笑った。今年で五十七になったはずだが、まだまだ若い。

目の周囲の皺《しわ》が増え、団栗眼の輪郭がややぼやけた嫌いがなくもないが、それでも元気だ。

「お頭、ご無沙汰！」

満面の笑みを浮かべた彦左が、茂兵衛に与えられた居室の襖《ふすま》をガラリと開けた。二年半ぶりの再会になる。彦左も今年で二十八歳だ。長柄《ながえ》足軽大将として大久保隊の中核を担っている。

「よお彦左、生きとったか！」

茂兵衛も顔をくしゃくしゃにして迎えた。

「つまり兄は、平八郎様がこの縁談を壊すのではねェかと恐れてるんですわ」

対座し、彦左が小声で耳打ちした。

「そら、俺も困るがな」

「平八郎様は、源三郎様が気に食わなんだら、刺し殺すと仰ったそうですね」

「なんで、おまんがそれを知っとるのよ」

「平八郎様の騎馬隊には、俺の朋輩《ツレ》がたんとおりますからな」

茂兵衛に言っただけではなく、配下の騎馬武者たちにも物騒な決心を宣言していたらしい。

「まさか、そんなことはさせんよ。平八郎様は甲府で於稲様に問い詰められた折、はっきり『刺し殺さねェ』と誓ったわ」

「たとえ誓っても、その場で頭に血が上れば、なにするか分からないのが、本多平八というお方でしょうが？」

「ま、確かに……それは」

「刺し殺さないまでも、ぶん殴ったら？　若殿を殴られた真田衆は激昂しますぜ。徳川と真田は手切れだわ。下手すりゃ戦だ。天正十三年のやり直しかい。俺ァ御免ですよ」

彦左が天井をあおいで嘆息を漏らした。去る上田城攻めの折、徳川勢の先鋒を務めたのは、外ならぬ彦左の長柄隊であった。

「やりかねんなァ」

初対面の娘婿を殴る――聞き様によっては、平八郎は狂人に近い。しかし、この狂気が戦場での奇跡的な勝利を生むのもまた事実で、だからこそ家康は、平八郎を今も重く用い、手元に置き続けている。馬鹿と――もとい、奇人と鋏《はさみ》は使いよう。そんなことを考えているのかも知れない。

「分かった。会見の場では俺が平八郎様に張り付いて離れねェ。もし狼藉に及ぶようだったら、後ろから抱き止める」

「止められますか？」

「平八郎様を刺し殺してでも止めてみせる。無論、その場で俺も腹を切る」

「よき、お覚悟にござる」

　と、若者は拳を床に突いて頭を下げた。

（おいおいおい、ここは「そこまでは要らん」とかゆうて欲しかったなァ）

「結局のところ兄貴は、関白様を恐れてるんですわ。真田安房守殿は、関白様の懐に巧みに飛び込んでおる。何と言いましたか、下の倅……」

「源二郎信繁《げんじろうのぶしげ》殿？」

「それそれ、その源二郎殿を関白様の小姓に差し出し申した。ま、有り体に申せば人質にござろうが」

「なるほど」

　信州の地で真田と対峙する忠世としては、自分も天下人に取り入らねば「信州における力の均衡が崩れる」との懸念があるのだろう。となれば、今回の関白の肝煎による真田家と徳川家との縁組が、徳川家の一方的事情（花嫁の父の乱心）

により破談となることは、忠世にとって最も忌むべき事態と言わざるを得ないはずだ。

「ただな、彦左よ」

「はい」

「源三郎様は、花も実もある男が惚れるほどの漢《おとこ》よ。平八郎様が『婿として認められん』と暴れ出す心配はまずねェわ」

「左様ですか。それなら安心だが。兄貴はね……」

忠世は彦左を通じて「破談にさせてはならぬ。そのためには、なんでもする。なんなりと申し付けてくれ」と茂兵衛への全面的協力を申し出ているそうな。

「偉《えれ》ェ厚遇だなァ。なんか気味が悪いよ」

確執があった茂兵衛と忠世であり、そのことは彦左も勘付いている。

「ま、惣奉行様は必死なのですよ」

彦左が苦笑した。

五

その二日後、小諸城を真田源三郎信之の一行が訪れた。従う者は五十騎ほど。源三郎以下十名ほどが素襖に烏帽子姿の礼装で、残り四十騎は甲冑を着こんでいる。ただし、飛道具《とびどうぐ》は備えていないし、兜と面頬も着けていない。真田側の微妙な配慮が感じられた。

小諸城の大広間には、忠世、平八郎、忠佐、茂兵衛など物頭以上の者八名が、これも素襖に烏帽子姿で、源三郎一行の到着を待っていた。小諸城主は忠世だが、彼は同時に家康の家来でもある。状況を考慮して上段の間は空席とし、一同は下段の間に控えていた。

ちなみに、平八郎の席は、茂兵衛と忠佐に挟まれている。いざとなったら茂兵衛と、大久保党の中ではもっとも膂力《りょりょく》に優れた忠佐との二人で、平八郎を左右から押さえ込む算段である。

「七郎右衛門殿、ワシの両側に、熊が二頭座っておるが……大丈夫か？」

忠世の目論見に勘付いた平八郎が皮肉を言った。

「失敬な。こんな美男の熊がどこにおる？」

忠佐が首を回し、平八郎を睨んだ。

「平八郎殿、熊がお嫌なら、もそっと発言に留意されることじゃな」

忠世が冷笑しながら小声で囁いた。

「なんのことだら⁉」

「真田源三郎殿がお気に召さなんだら、刺し殺すのでござろう？」

「こら茂兵衛、告げ口したのはおまんか？」

平八郎に睨まれ、茂兵衛は慌てて頭《かぶり》を振った。

「いやいやいや。断じて……断じてそれがしではございません」

「ならなんで、大久保の爺ィたちがワシのゆうたことを知っとる⁉」

「爺ィとはワシらのことかァ⁉」

五十七歳と五十二歳の兄弟が声を揃えていきり立った。

「これ兄者……声が大きい。玄関にまで聞こえとりますぞ」

やはり素襖に烏帽子姿の彦左衛門が、中庭に面した広縁を小走りにやってきて、二人の兄を諌《いさ》めた。ちなみに、二十八歳の彦左と兄たちは、親子ほども歳が離れている。兄弟の父である忠員《ただかず》は、かなりの艶福家だったのだ。ただそのことに触れると、彦左は激昂するから一切禁句である。元上役の茂兵衛も、十分に気をつけている。

「七郎兄者、ちと妙な具合になっておる。実はな……」

彦左は何事かを長兄に伝えようとして、口を開けたまま黙った。ちらと平八郎を窺い、幾度か瞬《まばた》きを繰り返し、そのまま言葉を呑み込んだ。忠世に背後から一歩近づき、顔を寄せて耳打ちしようとしたその刹那――

源三郎を先頭に、八人の真田衆が足早に広縁をやってきた。彦左は、客に遠慮して兄から離れ、末席に座った。平八郎一人が先頭を歩く美形の若武者を睨みつけている。

「大変に遅くなり申した」

と、席に着くなり源三郎は、徳川衆に会釈した。声に覇気がない。将来の舅である平八郎との対面に緊張しているのだろうか。

徳川衆も会釈を返したが、顔を上げた忠世と忠佐と茂兵衛の三人に異変が起こった。忠世は天井をあおぎ、忠佐は目を剝《む》き、茂兵衛は右手で己が顔をペロンと撫でた。

「どうかしたのか？」

平八郎が小声で茂兵衛に質した。

「いえ、別に……」

答えた茂兵衛の声が震えている。

憮然として座る源三郎の後方、随員の末席でニヤニヤと笑っている不敵な好々《こうこう》爺《や》が一人——真田安房守昌幸だ。

（どうして、こういう芝居がかったことをなさるかなァ。安房守様……普通に来ればええではねェか。「ワシも同席する」の一言で済む話だがね）

と、茂兵衛は呆れるが、つまり、こうゆう外連味《けれんみ》が大好物な御仁なのだ。平八郎が昌幸の顔を知らぬことを見越して、随員に紛れ込み、ふざけているのだろう。しかし平八郎に冗談は通じない。下手をすると怒りだす。

ただ、昌幸が名乗らぬ以上は、随員の一人として扱うしかなかろう。誰も昌幸の存在には触れず、式次第《しきしだい》は淡々と進行した。

「本多中務大夫《なかつかさたいふ》忠勝《ただかつ》にござる」

「真田源三郎信之にございまする」

舅と婿が挨拶を交わした。背後の昌幸は微笑んで頷いているだけだ。

（まったく人騒がせな爺様だ。惚けやがって……）

ちなみに、茂兵衛と昌幸は天文《てんもん》十六年（一五四七）生まれの同齢である。

その後は、忠世と源三郎の間で、差し障りのない話などが交わされた。

やがて広縁を伝い、侍女たちを引き連れた於稲がやってきた。淡い萌黄《もえぎ》の染小袖《そめこそで》に前で結んだ細帯を垂らし、薄桃色《うすももいろ》の打掛《うちかけ》を羽織っている。清楚な装束が、凛とした容貌《ようぼう》と相俟《あいま》って実に美しい。

「権大納言源家康が養女、稲にございまする」

「真田源三郎にござる。宜しゅうお願い致す」

対座した若い二人は、丁寧に御辞儀を交わした。どちらからともなく互いを見て、暫《しば》し見交わしていたが、やがて、於稲が頬を染めて俯き、ニッコリと微笑んだ。それを見た源三郎が笑顔で深く頷く。ああ、もう大丈夫だ。美男美女——お似合いの二人である。

外見的なことばかりではない。於稲という娘は、何故か双眸だけが父親の平八郎似で厳つい。幼い頃は、それがどうにも嫌で「嫁に行けぬ」と泣いていたものだ。一方の源三郎は体が弱く、この乱世では「自分など物の役に立たぬ」と自信が無かった。不安と悲しみ、人として生きることの辛さを知る二人であれば、今後の人生の荒波も、手を取り合って乗り越えて行けるだろう。

（こりゃ……ええ夫婦になるぞ）

若い頃からの二人を知る茂兵衛には感慨深く、思わず目頭を熱くした。

ブウ――プププ。

一座に冷たい沈黙が流れた。紛れもない放屁音《ほうひおん》だ。しかも、抑制や躊躇《ためら》いが一切感じられない大胆かつ不躾《ぶしつけ》な放《ひ》り様に聞こえる。

「これは、御無礼」

と、昌幸が慇懃に頭を垂れた。源三郎が嘆息を漏らし、天井をあおぎ見た。

「なんだ、あの野郎は……」

平八郎が、茂兵衛に小声で質した。

「あの慮外者は、どこのどいつだ？」

「実は……」

この目出度い席で、思いっきり放屁したところを見れば、昌幸は大人しくしているつもりはないらしい。露見するなら、平八郎にも早いうちに知らせておいた方がいいと茂兵衛は考えた。どうせ平八郎が暴れ出したら、止めるのは自分なのだから。

「只今の御仁が……つまり、真田安房守様にございまする」

「え？　つまり、真田の大将か？」

「御意ッ」

「表裏比興之者か？」

「左様で」

「な、何ッ！」

と、立ち上がろうとする平八郎を、間一髪、左右から大久保忠佐と茂兵衛が同時に抱き着いて制止した。茂兵衛の頭から烏帽子が跳ね飛んで床に落ちた。

「馬鹿ッ、離せ！」

「いいえ離しませぬ。これも殿から仰せつかったお役目の一つにござる」

「嘘つけ！　殿はワシがここにおることを知らんわ」

「稲姫様の御婚礼をお守りするのが、それがしの役目にござる」

「ワシが於稲の婚儀を邪魔するとでも思うてか！」

「信用できんわ。茂兵衛、手を離すなよ！　ワシ一人では押さえきれんぞ」

平八郎の向こう側から忠佐が叫んだ。

「ああ、中務太夫殿……お初にお目文字致す。真田安房守昌幸にござる」

昌幸が笑顔で平八郎に手を振った。

「どうして、こそこそと随員に交っておられたのか！　堂々と名乗ればええではねェか！」

平八郎が、大男二人に抱き着かれた状態で、昌幸を指さして吼えた。素襖の襟が大きく寛《くつろ》げて、肩までが露出している。

「や、ま、座興……座興にござるよ、アハハハ」

「座興だとォ！」

さらに暴れる花嫁の父。

「安房守殿、あまり煽る様な御発言はお控え下され」

大久保忠世が、引き攣《つ》った笑顔で昌幸を窘めた。

源三郎も於稲も、昌幸と平八郎の毒気に当てられて、青褪め、硬直し、呆然としている。

「ま、いずれにせよじゃ」

余裕綽綽《よゆうしやくしやく》の昌幸が、パラと扇子を開き、優雅に扇ぎながら続けた。

「かくも美しい姫君とは思わなんだ。我が倅にはもったいないような佳人じゃ。源三郎は果報者よ。真田の家を挙げて大事にせねば罰が当たるぞ」

「もう一度ゆうてみろ、この野郎～！」

なにを思ったか、平八郎がいきり立った。

「平八郎様違いまする。稲姫様を褒めておられるのですよ」

平八郎の右腋の下から、茂兵衛が必死に宥《なだ》めた。

「なんだと？」

「お美しいと、褒めておいでだがね。大事にすると仰せだがや」

忠佐が叫んだ。

「え、そうなのか？」

と、少し冷静さを取り戻した平八郎が、昌幸を見た。目を合わせた昌幸が、急に真剣な顔となり、深々と平伏してみせた。これに源三郎以下の真田衆が倣った。於稲も頭を垂れた。

「あの……」

平八郎の全身から、力と緊張が抜けていき、ドシンと褥《しとね》に尻を戻した。

「ふう……参った。参った」

平八郎の向こうから、忠世の大きな溜息が聞こえた。

六

五日後、茂兵衛と平八郎は駿府への帰途にあった。往路と同じ道を引き返す九日ほどの旅である。

茂兵衛と平八郎は、鉄砲百人組が行き、騎馬隊が続くそのまた後方、最後尾で轡《くつわ》を並べて馬を進めた。周囲には従僕が数名いるだけで、人の耳目《じもく》を気にせずに密談ができる。

「その話、知ってはおるが、又聞きでな」

平八郎が顔を顰《しか》めて茂兵衛を見た。

「ワシが茂兵衛贔屓だとは皆知っとるから、誰も直接にはゆうて来なんだわ」

「左様でしたか」

侍大将になりそこなった件である。

「ま、腐るな。当初殿様は、おまんに小馬印を許すおつもりだったと聞く。ただ、ああゆうお方だから、家内の風を読まれたのだろうよ」

三方《みかた》ヶ原《はら》や信康《のぶやす》切腹など、家康は過去に幾度か非合理に見える判断を下してきた。そのどれもが譜代衆の気分に配慮したものだった。家康最大最高の財産が三河衆――現在は、甲斐衆を含め、もう少し範囲が広いが――の忠義心であることは間違いない。その機嫌を損ねることはこの苦労人にとって禁忌であった。非合理に見えて、家康の中では十分に合理的な判断だったのだ。家内融和を優先して嫡男を死に追いやった男が、茂兵衛の侍大将ごときで、一肌脱いでくれるはずがない。そこは茂兵衛も納得である。

道は野辺山原へと緩く上っていた。左手遠くには秩父《ちちぶ》の山々が、右手には八ヶ岳の北半分が望まれた。

「それと、もう一つな」

「はあ」

「おまんが馬印を許されなんだ理由よ」

「え、御譜代衆の反対以外にもございますのか？」

仁王がブルンと鼻を鳴らし、首を振った。

「若干言い難いのだが、隠すことでもねェわ……ゆうぞ」

「はい。承りまする」

「おまん、天正十三年（一五八五）の上田城攻めで真田の虜《とりこ》になったろう。あれはまずかった。三河武士としては恥辱の極みで『茂兵衛の侍大将などとんでもねェ』と主張する者もおるにはおったそうな」

「な、なるほど」

武士、それも上級武士たる者、戦に負けて虜囚の辱《はずかし》めを受けるぐらいなら、自死を選ぶべきとの思想が確かにある。そのぐらいは茂兵衛も知っていた。反論する余地はなさそうだ。ただ本音の部分では「俺には女房子供がおるがね。そお簡単に死ねるかい」と憤ってもいた。

(しばらく小馬印は、諦めるしかなさそうだな。ま、俺はどうでもええが、寿美はがっかりしそうだわ……打掛でも買ってやって、御機嫌をとるとするかな)

「や、むしろ、よかったですわ」

茂兵衛は、無理に笑顔を作って平八郎に振り向いた。

「それがしの件で、徳川家内に波風が立つのは困りますからな。御譜代衆の不興を買ってまで、小馬印を立てようとは思いませんわい」

「よおゆうた。それでこそ茂兵衛だがや。誰に憚ることなく小馬印を立てる日も、そう遠くはねェさ、な？」

「左様ですな。頑張りまする」

その後二人は、しばらく黙って馬を進めた。

キョッキョ、キョキョキョキョキョ。

高原の空は青く澄み渡り、木々の梢で、或いは空の高みで、不如帰が長閑《のどか》に鳴いている。季節はまさに初夏だ。こんな気持ちのいい日和《ひより》に、男が二人で辛気臭い話をするのも、芸が無さ過ぎる。

「それはそうと、平八郎様が存外に源三郎様を気に入って下さって、ホッと致しました」

「おお、ありゃあええ若者だら。ええ奴じゃわ」

結論から言えば、源三郎は平八郎にとって「自慢の婿」になったのだ。

ほんの数回だが、茂兵衛を交えて男三人で酒を汲んだ。源三郎は普段、父昌幸と酒を飲むことが多い。昌幸は酔うと冗舌になる（ま、酔わずとも大概お喋りだが）。自分ばかり話したがる。それを遮ると不機嫌になるから、上手に相槌を打ち、適当に質問を交え、上機嫌にさせておかなければならない。そこを源三郎はよく弁《わきま》えていた。平八郎も自分ばかりが話したがる。昌幸と同じだ。源三郎は、平八郎の自慢話、法螺《ほら》話に根気よく付き合い、かくて平八郎の絶大なる信頼を勝ち得た次第だ。

本来、平八郎は自他ともに認める「真田嫌い」である。その平八郎が、真田の嫡男に惚れこんだ。このことは後々、徳川と真田、末は天下の趨勢にとって、重大な意味を持つことになるかもしれない。

「ふん、いずれにせよだわ……うちのボンクラ共に比べたら出来物《できぶつ》よ」

「そ、そんなことはねェです」

慌てた茂兵衛が目を剝いた。

二人いる平八郎の倅は、まだ十四歳と七歳だ。海の物とも山の物ともつかない。茂兵衛の見る限りでは——二人とも賢い性質ではないかも知れないが——心正しき男子との印象を受けている。そうそう捨てた物ではない。

「一番出来がええのが於稲だからのう。於稲が男だったらよかったんだわ。上手くいかねェもんだなァ」

またまた雲行きが怪しくなってきた。

「でも、健康な男子二人は、お羨《うらや》ましい限りにござる。それがしのところなど、娘一人だからどうにもなりませんわい」

「そう思うならよォ」

平八郎が鞍から身を乗り出し、下卑に笑って囁いた。

「せいぜい別嬪に育てるこったァ。強くて賢い益荒男《ますらお》を、選び放題で婿に採れるがね。植田家の将来は万々歳だわ」

そう言って、茂兵衛の肩をドンと叩いた。紺糸威《こんしおどし》の当世袖がカタリと鳴った。

「なるほど」

茂兵衛の脳裏には、現状五人の花婿候補が過っていた。

（綾乃の婿か……まず松之助は論外だ。実の姉と弟だからなァ。隣家の弥左右衛門も出歯が気に食わん。あんな面の孫が生まれてきたらがっかりだわ）

茂兵衛は苛々と己が鼻を左手でしごいた。

（小六もアカンわ。従兄妹同士で夫婦になると、生まれる子が病弱とかゆうからなァ。つまり、善四郎様の御次男も従兄妹同士だから駄目だ。となると、左馬之助の長男が一択となるか……しかし、仮初めにも長男、横山家の跡取りだから難しい。ただ、今度三男が生まれたから一人ぐらいなら……）

「こら茂兵衛……おまん、なにをブツブツゆうとるの？」

「あ、すんません」

キョッキョ、キョキョキョキョキョ。

不如帰が鳴く草原を突っ切って、佐久往還がどこまでも延びていた。

翌日、はるか前方から騎馬武者が一騎、馬を飛ばしてやってきた。よほど急いでいたものか、人も馬も汗まみれで、半死半生の態である。

甲冑姿で片膝を突く武士の顔には見覚えがあった。家康の使番《つかいばん》である。戦場では今はそれもない。只管《ひたすら》、駿府から駆け通してきたという。

「殿からの御下命がございます。植田様にあっては、このまま鉄砲百人組を率いて小諸城にて待機との命にございます」

「なんぞあったのか?」

「手前の口からは何とも……ただ、本多佐渡守様から書状をお預かり致しております る」

と、甲冑の下から封書を取り出し、茂兵衛に差し出した。詳しい内容は正信からの手紙に書いてあるのだろう。

「おい、おまん」

横から平八郎が、使番に声をかけた。

「はッ」

「ワシへの御下命はねェのか？」

「さて……本多様には、なにも承っておりませぬ」

さすがに平八郎の顔は、徳川家の武士なら誰でもが知っている。

「これ、読んでもええですか？」

「おう、早う読め」

茂兵衛は、正信の書状を開いた。沼田領問題で動きがあるやも知れぬので、茂兵衛と鉄砲百人組は、小諸城にて待機。大久保忠世の指揮を受けるよう正信は求めていた。文末に「もし、そこに中務大夫殿がおられるのなら、早く駿府に御帰還あるようお伝え願いたい」とも認めてあった。

「ふん、なにが中務大夫殿だ……嫌味な爺ィだら」

横から首を伸ばし、手紙を盗み読んでいた平八郎が吐き捨てた。

「しかし、沼田領に関して動きがあるとは、如何《いか》なる仕儀にござろうか？」

「知れたことよ」

平八郎がニヤリと笑った。

「遂に、徳川と北条と伊達の三国同盟が成ったのさ。北条は沼田に兵を入れる。徳川は、小諸城で真田の援軍が上野国《こうずけのくに》へ向かわぬよう牽制する。だからこそ、おまんの百人組の配置が小諸城なわけさ」

「な、なるほど」

「徳川本隊は西へ押し出して、今度こそ秀吉めと天下分け目の大戦《おおいくさ》……腕が鳴るわい」

平八郎が舌舐めずりをし、さも嬉しそうに両の掌を擦り合わせた。

「しかし、我らが真田の反目に回るとなれば、稲姫様はどうなさいますか？」

「ああッ、しまったァ」

平八郎が天をあおぎ、自分の月代《さかやき》の辺りをピシャリと叩いた。

「於稲のことをすっかり忘れとったわ！」

（だ、大丈夫かいな、このお方……）

と、呆れる茂兵衛の肩に手を回し、平八郎が引き寄せた。

「案ずるな。ワシに策がある」

「はッ」

「おまんは、源三郎を説得せよ。親父の昌幸と手を切り、於稲を連れて徳川と組めとな」

「そんな、無茶な」

「や、無茶ではねェぞ。親子が両陣営に分かれれば『どちらが勝っても真田は生き残る』……そう説け。たァけでない限りは頷くはずだがや。必ず説得せい。於稲の命は、おまんの舌先三寸にかかっておる！　たのんだぞ茂兵衛、ガハハハハ」

「はあ」

茂兵衛は肩を落とした。とんと自信が持てなかった。平八郎の理屈が分からぬではないが、あまりに人の感情、親子の絆というものを無視している極論、暴論ではないのか。

戦陣の香りに舞い上がった平八郎が、二百騎と使番を引き連れて、駆け去るのを、茂兵衛は左馬之助と辰蔵を従え、最敬礼して見送った。

「本当に、殿様は秀吉と戦う気だろうか？」

茂兵衛が誰に問うともなく呟いた。

「まさか。あり得ませんわ」

「島津の二の舞ですがね」

背後で左馬之助と辰蔵が、首を振っている。

「家康公は、平八郎様よりは、ちいとばかしこ、この出来がええから」

と、辰蔵が人差指で己が蟀谷《こめかみ》の辺りを数回叩いた。

「なら、なんで俺らは小諸城にすえおかれるんだ？」

「そりゃ、分からないけど」

「ま、ええわ。なにしろ万が一に備えよう。おい辰蔵」

「はッ」

「本隊の前後に、それぞれ十町（約千九十メートル）の距離をおいて足軽の一隊を歩かせろ。警戒を怠るな」

「委細承知」

駆け去る辰蔵の背中を見ながら、左馬之助に囁いた。

「普段はたァけの親父にしか見えんが、一旦戦陣の風が吹くと、平八郎様の直勘は中《あた》るんだわ。外れねェんだわ」

茂兵衛は二十年前、まだ自分が、平八郎の旗指足軽を務めていた頃を思い出した。平八郎が示した場所から敵が湧き、平八郎の指揮の通りに動けば、必ず生きて帰れたし、不思議と敵は崩れ去ったものだ。

「根っからの合戦屋だからなァ。今も、戦場の臭いを嗅ぎ取っておられるのだろうさ。本多平八が『戦がある』というからには、遅かれ早かれ、血腥《ちなまぐさ》いことになりそうだ。俺らも心してかかろう」

「は、はい」

左馬之助が、緊張の面持ちで頷いた。

茂兵衛は百人組を回れ右させ、小諸への道を戻り始めた。

西側に聳える八ヶ岳の彼方から、黒雲がムクムクと湧き出し、次第に空を覆い始めている。

（こりゃ……荒れるぞ）

茂兵衛は心中で気合を入れ直していた。

第四章　名胡桃城《なぐるみじょう》事件顚末

一

　ところが、平八郎の読みとは正反対の方向に事態は進み始めた。
　平八郎が八ヶ岳《やつたけ》山麓で戦《いくさ》を予見したその翌月、天正《てんしょう》十六年（一五八八）の五月。秀吉の意を受けた家康は、起請文を添え、北条氏政と氏直父子の上洛を促す書状を小田原《おだわら》へと送った。
　内容は以下の通り――
一つ、今後も徳川氏と北条氏の同盟は継続していくこと
一つ、氏直自身か、その兄弟の誰かが上洛して秀吉に礼を述べること
一つ、北条氏は秀吉に出仕、臣従すること

一つ、北条氏が、以上を拒否したる場合、督姫を徳川方へ戻すべきこと

ちなみに、督姫は氏直の正室にして家康の実娘である。天下人秀吉から睨まれている北条氏に対して、親族としての家康がなし得る、最大限の、そして最後の情誼《じょうぎ》と言えた。

行間に「もう、これが最後の最後ですぞ」との家康の思いの丈が読み取れる。

さすがに北条父子は、この必死の要請を受け入れた。

同年八月、当主氏直の叔父である北条氏規が上洛して秀吉に謁見し、北条がこれ以降、秀吉に臣従する旨を誓った。秀吉は大いに喜び、即座に沼田《ぬまた》領を巡る諍《いさか》いの解決に向け、行動を起こした。徳川と北条の間で結ばれた「天正十年の和睦条件」の内容に踏み込んだ吟味を開始したのだ。

翌天正十七年（一五八九）二月、上洛した北条家の外交僧板部岡江雪斎《いたべおかこうせつさい》に対して、秀吉は沼田領に関する裁定を内示した。

一つ、沼田領は、三分の二を北条氏が、三分の一を真田氏が所領すること（具体的には、利根川《とねがわ》の東、赤谷川《あかやがわ》の東を北条領、それらの西は真田領とした）

一つ、真田が北条に譲った所領分は、徳川が補塡、別途真田に所領を与えること（後日、家康は代地として信濃国伊那郡箕輪《しなののくにいなぐんみのわ》を真田に与えた）

一つ、北条氏政、氏直父子のどちらかが上洛する旨の一筆を提出すること
一つ、秀吉が上使を派遣、真田氏が占拠する沼田領を北条氏に引き渡すこと
天正十七年六月、秀吉の上使である津田盛月《つだもりつき》と富田一白《とみたいっぱく》が小田原《おだわら》へ下向し、改めて関白の裁定を伝えた。氏直は先代当主である父氏政が年内に上洛する旨の誓約書を津田らに差し出した。

これにてほぼ一件落着である。

残念ながら平八郎の読みは外れたようだ。戦は遠退き、北条家は危機を脱したかに見えた。

「おお、小平太《こへいた》様が」

茂兵衛はニコリと笑った。場所は小諸城《こもろじょう》の本丸書院。忠世と二人きりで対座している。まだまだ暑いが、夏は盛りを過ぎた。鳴き交わす蟬《せみ》にも、若干の寒蟬《かんせん》が交じり始めている。

小平太こと榊原康政は、多少酒癖が悪く、酔うと厄介だが、それでも気持ちの真っ直ぐな好漢である。茂兵衛とは一昨年、北条との宴で一緒に伊豆国《いずのくに》三島《みしま》まで旅をした。その後は、大坂《おおさか》へも同道した仲だ。互いに気心は知れている。

その榊原が、秀吉の裁定による沼田城引き渡しの立ち合い人として、沼田へと赴くそうだ。茂兵衛には、副使として、鉄砲百人組と共に榊原に同道するよう駿《すん》府《ぷ》からの命が下った。

「殿が、稲姫様を護衛してきたそれがしを、そのまま小諸にすえおかれたのは、このためだったのでござろうか？」

「おそらくはな」

忠世が笑顔で頷いた。

駿府城から沼田までは六十五里（約二百六十キロ）はある。小諸城から沼田は二十五里（約百キロ）程度だ。「わざわざ駿府まで、足の遅い鉄砲隊を戻す必要はない」と家康は考えたのだろう。ありがたいことだ。

「それにな、今回の引き渡しには、安房守殿と源三郎殿も同道される」

沼田城引き渡しの一方の当事者が北条なら、もう一方の当事者は真田だ。和睦の当事者として徳川家が、仲介人として豊臣家が立ち合う。

「真田と申せば茂兵衛、茂兵衛と申せば真田だからのう、ハハハ」

（どうゆう意味だら？　俺のことを真田の間者とでも言いてェのか）

だいぶ修復されたとはいえ、忠世と茂兵衛の仲は、今もって微妙だ。

「一つ、懸念があってな」

月代《さかやき》を伝い流れる汗を、懐紙で拭い、忠世が声を潜めた。

「関白殿下の御使者は、津田盛月殿と富田一白殿であるが、これが和平の見届け人ということで、手勢を連れて来てはおらんのよ」

津田も富田も、一応は戦国武将だが、茶事《さじ》への造形が深く、文化人としての色合いが強い。一方、北条方の城受け取り役は、北条氏邦であり、北条一門衆の中でも武断派の最右翼なのだ。秀吉は、北条と真田、双方の手勢を千人に制限したが、真田は兎も角、北条氏邦が制限を守るとは限らない。下手をすると小競り合いが起こるかも知れない。

「茂兵衛は、これをどう見る?」

「どう、とは?」

「もし、偶発的に真田と北条の間で戦端が開かれた場合、おまんはどう動くかということさ」

「そこは、正使である小平太様の御判断に従いまする」

「たァけ。小平太殿は腹下しで臥《ふ》せっておいでかも知れん。おまんの存念を聞かせよ」

「はあ……」

これは難しい。徳川家は、北条とも真田とも縁戚関係にある。どちらにも義理を欠きたくはない。ただ、下手をすると秀吉から惣無事令違背を問われかねない。茂兵衛の苦手とする高度な政治的判断が求められそうだ。

「中立を保ち、どちらにも加勢するなと仰りたいのでございますか?」

「少し違う。一番ええのはな。津田と富田の指示に犬のように従うことよ」

「い、犬のように?」

「左様。徳川が惣無事令違背を問われぬためには、それが一番だがや。ま、両者の指示を受けられなんだ場合は、おまんの言う通り中立を保て」

「それがしは御意に従いまするが、その件、前もって小平太様にも念を押しておいて下されよ」

「無論念は押すが、万々が一、小平太殿が独断で北条か真田のいずれかに加勢しようとした場合、おまんは、副使として豊臣の指示に従うべきこと、乃至《ないし》は中立を主張せい。聞き入れられないようならば……」

ここで忠世は、顔を寄せ声を潜めた。

「御家のためじゃ。小平太殿を斬ってでも、主張を通せ」

「な……」

「嫌か⁉」

団栗眼《どんぐりまなこ》で覗き込まれた。これが苦手なのだ。腹の底まで見透かされるようだ。

「斬るか否かは兎《と》も角《かく》、その場合は身を賭しても、中立を保ちまする」

「斬れぬと申すか？」

しばらく沈黙が流れたが、やがて忠世の真剣な怖い目が、ふと緩んだ。

「ま、ええ。そこは、おまんにまかそう」

溜息混じりに忠世が幾度か頷いた。以前なら、ここから「おまん、ワシのゆうことが聞けんと申すか」となり、怒鳴り合いに発展するところだ。忠世も老いたのだろうか。

榊原隊と真田父子、秀吉の上使たちと合流した茂兵衛は、地元で信州《しんしゅう》街道とも呼ばれる山間《やまあい》の道を北東へと進み、五日後に上野国《こうずけのくに》沼田へと入った。沼田は四方を山々に囲まれた盆地である。西の縁を利根川が北から南へと流れており、この辺りの流れは結構に速い。川は、南方に聳《そび》える赤城山《あかぎやま》の山麓へと一気に流れ下っていた。

秀吉の裁定によれば、この利根川が（上流部では赤谷川が）北条領と真田領の国境《くにざかい》となっている。東を北条が領有し、西を真田領とするのが大枠だ。

利根川を挟んで、東側には沼田城を主城に、荘田城《しょうだじょう》、道坂城《みちさかじょう》などが、西側には名胡桃城を筆頭に、下川田城《しもかわだじょう》、上川田城《かみかわだじょう》などが並び、現状では多くの城を真田が押さえている。

ちなみに、名胡桃城と沼田城は、利根川を挟んで南北に約一里（約四キロ）離れており、相互に見通せる。

「沼田城は現在、矢沢薩摩守《やざわさつまのかみ》殿を主将に、真田勢約千人が守っておる」

名胡桃城の主郭御殿で、秀吉特使の津田盛月が図上の沼田城を指先で叩いた。

矢沢薩摩守頼綱《よりつな》は、昌幸の叔父にあたる。智勇に優れた名将だが、永正《えいしょう》十五年（一五一八）の生まれというから、今年で七十一歳の老体だ。

「安房守殿、城を北条側に明け渡す件、薩摩守殿の了承は受けておいでだとは思うが。手抜かりはござらんな。ゴタゴタは御免蒙《こうむ》る」

「御意ッ。抜かりはござらん」

昌幸が慇懃《いんぎん》に平伏した。たてまえは平和裏の城受け渡しであるから、津田も富田も真田父子も平服である。榊原康政と茂兵衛以下の徳川衆だけが甲冑《かっちゅう》姿だ。

「隼人正《はやとのしよう》殿、城を受け取る側の北条は、相応の武装をしてくると思われるが、我ら徳川勢は、どちらに布陣すべきでござろうか？」

榊原が津田に質《ただ》した。

「式部大夫《しきぶのたいふ》殿（小平太）、貴公らは薄根川《うすねがわ》の北側に布陣されて然るべし」

「お言葉にはござるが、川を隔てての布陣となると、いざという折、お力になれませぬ」

沼田城は利根川の東岸、河岸段丘《かがんだんきゅう》の端に立っている。西は比高二十丈（約六十メートル）の崖の下に利根川が、北は同じく薄根川が流れている。その薄根川を隔てて、城の対岸に布陣せよと津田は求めているのだ。

「いざという事態は想定外にござる。関白殿下の御裁定を無下にするなどあり得ない。それこそ、真田であれ、北条であれ、はたまた徳川であれ、身の破滅でござろうよ」

「ほう、徳川も同列にござるか？」

と、短気な榊原は津田の愚弄《ぐろう》に腰を浮かしかけたが、隣席の茂兵衛が陣羽織の背中を幾度か軽く叩いて、落ち着かせた。

「ま、此度に関しては、さしもの北条側も事を荒立てる気はござらんでしょう」

空気を読んだ昌幸が、ことさら長閑《のどか》に呟いた。

「なにせ、幾度攻めても落とせなんだ沼田城を、まんまと無傷で手に入れられるのですからな。大人しく受け渡しをするものと推察致しまする」

よく聞けば半分は自慢話だ。事実真田は、北条の大軍を幾度も撃退している。

「左様左様、安房守殿の申される通りにござる」

津田が上機嫌で相槌《あいづち》を打った。

「ならば何故、我ら徳川に、鉄砲隊やら騎馬隊やらの出陣を御要請あったのでござろうか？」

「式部大夫殿、些か誤解があるようでござるな。もう戦国乱世は終わったのでござるよ。関白殿下の御威光をもっての城の受け渡し、無粋な軍装など要らぬと申したのに、亜相《あしょう》様（家康）から『万一に備えたいから是非に』とのお申し出がござったでな」

「我が主《あるじ》が？」

「左様。このようなこと、嘘偽りは申しませぬ」

「うん……」

榊原がチラと茂兵衛を窺ったが、茂兵衛にも答えようがない。一応、軽く首だけ振って「知らぬ」と意思表示しておいた。

この後、榊原も発言を控え、評定は沼田城受け渡しの具体的な手順についての相談へと移ろっていった。こうなると、立ち合い人に過ぎない榊原と茂兵衛は蚊《か》帳《や》の外になる。欠伸《あくび》を嚙《か》み殺しながら、昌幸たちの議論を聞いていた。

二

城の引き渡しには七月一杯かかった。茂兵衛たちは、薄根川北岸に放列を敷き、四半里（約一キロ）先の丘の上に立つ沼田城に銃口を向けていた。ま、形だけである。弾は込めていないし、火縄も火鋏《ひばさみ》に装着していない。寄騎衆も小頭《こがしら》衆も三々五々集《つど》っては、呑気に立ち話をして笑っている。

「まったく馬鹿にしおって……あんな遠方まで弾が届くわけもねェわ。こんな場所に置かれて、ワシらは用無しだと言われとるようなもんだがや」

と、榊原が唾を河原にペッと吐き捨てた。

榊原隊の本陣には桔《き》梗《きよう》形の馬印が立ち、「無」の一文字の旗印が翻《ひるがえ》っている。茂兵衛は、チラと馬印を窺った。やはり今も少しだけ無念さが残る。本来なら自分も――。

「ね、小平太様」

と、詮無い思いを振り払って榊原に声をかけた。

「ん？」

二人は現在、薄根川の河原に天幕を回《めぐ》らし、甲冑姿で床几《しょうぎ》に腰を下ろして待機中である。こうしてもう八日も、何もせずに待っているだけだ。初秋の川風は心地よいのだが、晴れるとまだまだ日差しが強い。終日照らされていると頭がボウッとしてくる。

「関白様は……」

「ふん、この場では秀吉でええがや」

忌々しげに榊原が言った。

「では、秀吉は……戦を望んでおるのではねェですかな？」

「まさか。なんでだよ」

榊原が辟易した様子で顔を背けた。

「惣無事令を出したのは野郎じゃねェか。もう戦のねェ世の中が来るんだとよ。ワシもおまんも用無しになるんだわ。糞つまらねェ世の中だがや」

そう言えば、以前平八郎も同じようなことを言っていた。

「でも、北条氏邦はやる気満々の武闘派でしょ？」

珍しく茂兵衛が己が見方に固執した。

「そんな物騒なのが出張って来てるのに、こちらは裸同然だ」

秀吉は、氏邦がこちらの軍勢が少ないのを見て舐めてかかり、少しばかり欲を出し、戦端を開くのを待っているのでは、と茂兵衛は説いた。

「秀吉の狙いはなんだ？」

「北条がここで少しでも暴れりゃ、惣無事令違背は明白だ。真田と徳川、秀吉の上使の目の前でやらかすんだから言い逃れはできねェ。秀吉には小田原を攻める口実ができる。島津に続いて北条を潰せば、最早、秀吉に逆らう者はいなくなる。奴の狙いはそこだと思います」

「なるほど、なくもねェな」

「そこを見通して、我が殿は、俺らを付けたんじゃねェですかね？」

つまり抑止力である。百挺の鉄砲と、天下に聞こえた榊原康政の武威は、北条氏邦に軽はずみな行動をとり難くさせるだろう。

「だから津田と富田は、ワシらをこんな遠くに置いたってわけか」

「辻褄が合いましょう？」

北条の暴発を促したい秀吉と、暴発を抑止したい家康との対立構図である。

「ま、それもそうなんだが……」

と、榊原が、初秋の蚊にでも刺されたか、首筋を掻きながら呟いた。

「仮にもし、そう秀吉が考えてもよォ。肝心の氏邦が大人しいもんじゃねェか。野郎は妾腹《めかけばら》だ。北条内で冷遇されたものだから、少々がっついちゃいるが馬鹿じゃねェわ。秀吉にまんまと付け込まれるようなことはしねェさ。ワシらが居ようが、居るまいがな」

「……確かに」

北条も、秀吉と戦うなら徳川が頼みなのだ。単独で天下を相手にするほどの実力も覇気もない。ところが昨年の五月、家康は書状で北条に対し「秀吉への恭順」を強く求めた。徳川は秀吉側に立つと旗幟《きし》を鮮明にしたのだ。現在北条が生き残る道は唯一つ、大坂への恭順あるのみ。そのことを北条は「よく理解しているはず」と榊原は話を纏《まと》めた。

背後の木立の中で、寒蟬が盛んに鳴き交わしている。そろそろ夏も終わりだ。

茂兵衛と榊原が心配していた揉め事もなく、沼田城の受け渡しは無事に完了した。北条方は沼田城に、氏邦の側近である猪俣邦憲《いのまたくにのり》を城番として置いた。一方の真田方は、名胡桃城に鈴木主水《すずきもんど》を置き、沼田城を失くした矢沢頼綱は、岩櫃城《いわびつじょう》にまで下がらせた。

今度こそ本当に一件落着だ。

茂兵衛は、於稲の御機嫌伺いのため、榊原と別れ、鉄砲百人組を率いて上田城へと向かうことにした。大きな懸案もなく、昌幸や源三郎との楽しい旅になりそうである。

「な、茂兵衛殿」

茂兵衛と轡《くつわ》を並べて進んでいた昌幸が、こちらへ身を乗り出して声を潜めた。

「はい」

「一つ無心があるのだが」

「なんでございましょう」

「貴公、これからワシとともに、岩櫃城に入っては頂けないかな？」

昌幸の向こう側、源三郎が当惑気味に目を瞬《しばたた》かせた。

「岩櫃城へ？」

　岩櫃城は、信州街道を沼田から五里（約二十キロ）ほど上田へ向かった崖の上に立つ典型的な山城である。天正十年（一五八二）の武田家滅亡の折、昌幸は武田勝頼に堅固な岩櫃城に籠城することを勧めた。勝頼は小山田《おやまだ》氏を頼ることを選択して裏切られ、天目山《てんもくざん》で自刃したが、もしあの時、昌幸を信じて岩櫃城に籠っていれば、あるいは――

「その岩櫃城で、それがしは、なにを致すのでございますか？」

「なに、簡単なことよ。名胡桃城の後詰め」

「後詰め？」

　後詰めというからには、戦が関係してくるはずだ。この惣無事令下で物騒なことである。

「北条氏邦殿と沼田城内で挨拶を交わした。妙なものでな、あちらも、こちらも名乗りが『安房守』よ。それで奴め、なんと申したと思う？」

　昌幸は、天正八年（一五八〇）閏《うるう》三月、主君武田勝頼から受領名を許され、安房守を自称し始めた。これは北条氏邦の受領名が安房守であったことへの対抗心からだ。二人は、十年近くも前から上野国の覇権を争っていたことになる。

「氏邦殿はなんと申されました？」

「安房守は二人も要らん。一人で十分にござる……ハハハ、だとよ」

「おお、それは、それは」

随分と煽情的な発言だ。氏邦の性格が如実に表れている。

「あの言い草、口ぶり、態度……氏邦の奴は必ずや名胡桃城を盗《と》りにくる。たとえ北条内部で和睦論が優勢であっても、氏邦は必ず起《た》つ」

と、昌幸が拳を握り締めた。

それに、名胡桃城からは、沼田城を初めとした利根川東岸の北条の諸城が見渡せる。北条方からすれば、なんとも目障りな城なのだ。

「しかし、万が一……」

茂兵衛が反駁した。

「真田と北条が戦となった場合、我らの鉄砲隊は、否が応もなく真田側で参戦という運びになりましょうな」

「そう申されると身も蓋もないが……如何《いかが》でしょうかな」

昌幸が媚《こ》びへつらうような笑みを投げ、そして続けた。

「茂兵衛殿の鉄砲隊が頼りにござる。岩櫃城には我が叔父の矢沢薩摩が詰めておりまするが、如何《いかん》せん老齢にて無理が利き申さん。老耄《ろうもう》が酷く、朝飯を食うたかどうかさえ覚えていない有様でしてな。我らを助けると思って」

と、両手を合わせて拝み始めたものだから、茂兵衛は慌てた。

「お、お止め下され」

昌幸の向こう側で、源三郎が天をあおいだ。

真田には大きな恩義がある。やはり大恩人たる平八郎の娘の嫁ぎ先でもあるのだ。こうハッキリと頼られて、ましてや当主から拝まれて、否は言い難い。

「ただ、百人組はそれがしの私兵ではござらん。駿府の、せめて小諸の指示をあおがねばなりません」

「ほお、小諸とゆうことは、七郎右衛門殿（忠世）の許諾があればええのか？」

昌幸が身を乗り出して質した。

「左様です」

「おう、偶然じゃな。それなら既に取ってある」

と、昌幸は素襖《すおう》の懐から書状を取り出し、茂兵衛に示し、ニヤリと笑った。

「鉄砲百人組は一時的に、真田安房守昌幸の下知に従えと確かに認《したた》めてござる。如何じゃ？」

どうやら外堀は完全に埋められているようだ。昌幸も今さら嘘は言わないだろうが一応は確認してみた。確かに忠世の花押が認めてあり、昌幸の指揮下に入れとの内容だ。

（この狒々爺《ひひじじい》、俺のお人好しにつけ込みやがって、ええように弄《もてあそ》ばれとるやないか）

「そ、そういうことであれば、岩櫃城に御一緒致しまする」

「おお、心強いです」

昌幸の笑顔が弾けた。源三郎が茂兵衛を見て、すまなそうに会釈した。

それにしてもだ。

昌幸はいつ忠世に許諾を求めたのだろうか。沼田から小諸までは、榛名山《はるなさん》と浅間山《あさまやま》の北方を行こうが、南を巻こうが二十五里（約百キロ）程度ある。その往復だ。早馬を飛ばしたとして、馬を乗り換えれば、四日で往復可能だろう。沼田城の受け渡しに時を要したから、忠世の書状を受けて戻る暇はなくもない。いずれにせよ、なんとも手回しの良いことである。さすがは表裏比興之者だ。

（安房守様の言う通り、もし北条が名胡桃城を奪いに来たとして）

茂兵衛は仁王の鞍上《あんじょう》で考えた。

（本当に俺が真田に加勢してええのだろうか？　百人組の斉射は強力だ。戦の趨勢を簡単に決めちまう。一度俺が「放て」と命じたら最後、徳川は完全に真田と北条の戦に、真田側として巻き込まれることになるぞ。七郎右衛門様は、そこのところを考えた上で、あんな書状を安房守様に差し出したのだろうか……大丈夫かな？）

忠世には小狡いところがある。

茂兵衛との関係性もかなり微妙だ。後になって茂兵衛が家康から譴責《けんせき》された場合、「真田の指揮下に入るよう命じたのは自分です」と庇ってくれるとは到底思えない。

（結局、俺自身で考えて、徳川の利得になるよう動くしかねェってことかァ。弥八郎様が仰ってた「一本立ち」ってことだわなァ）

然《さ》は然りながら、主人家康は「忠世の命に服せ」と命じ、その忠世が「昌幸の下知に従え」と命じてきたのだ。戦が始まる前から、この指揮命令の流れを無視するわけにもいくまい。

（ここはひとまず、言われた通りにしとくか。本当にドンパチが始まりそうになったら、その時考えればええことだわ）

あまり政治的ではない茂兵衛、取り敢えずは流れに身をまかせることに決めた。

三

岩櫃城は、眼下を流れる吾妻川《あがつまがわ》からの比高が八十丈（約二百四十メートル）もあり、急峻な崖の上に聳《そび》えていた。岩櫃山の尾根筋の先端に築かれた山城で、吾妻川に沿って走る信州街道には幾つか集落が点在したが、極めて山は深い。陽が上ると、上昇気流に乗った鳶《とび》が舞い上がってきて、本丸の櫓《やぐら》の上に立つ茂兵衛の周囲を飛んだ。ふと鳶と目が合った。険《けわ》しく猛々《たけだけ》しい猛禽《もうきん》の目だ。

（ああ、懐かしいねェ）

茂兵衛は、天正四年十一月から同八年九月まで、長く城番を務めた水窪川《みさくぼがわ》沿いの高根城《たかねじょう》の情景を思い起こしていた。

（高根城の櫓でも、鳶と睨めっこしてたっけなァ）

ただ、高根城は本当に偏狭な山間の砦で、まさに深山幽谷《しんざんゆうこく》の趣《おもむき》が強かった。岩櫃城はもう少し眺望が利き開放的だ。

「ここにおられたか」

櫓への階段を昌幸が上ってきて、茂兵衛の隣に並んで立った。満面の笑みだ。

「絶景でござろう」

「はい、堪能しております」

この後、二人で黙って景色を愛《め》でていた。

「源三郎の奴は、上田に返し申した」

「あ、左様ですか……でも、なんでまた？」

「奴も別嬪の嫁を貰うたばかりで……ね？」

黄色い歯を見せてニヤリと笑った。

「はあ？」

「ほれ閨《ねや》のことが……ね？」

と、今度は肘で茂兵衛の脇腹を突っついてきた。

「ああ、はいはい」

新婚の於稲と源三郎を離しておくのは不憫と言いたいのだろうが、昌幸が言うと、どうにも卑猥《ひわい》に聞こえてしまうのは何故だろうか。

「東方は、静かですかな？」

「あの……はい」

思えば妙な話である。岩櫃城は辺鄙《へんぴ》な土地の山城だ。真田の本拠地である上田城と北条と対峙する最前線の名胡桃城との言わば「繋ぎの城」に過ぎない。確かに堅城かも知れないが、真田家当主の昌幸と一門衆筆頭の矢沢薩摩守が籠る必要があるのだろうか。城兵の数も昌幸直轄の最精鋭が千人は駐屯している。付言すれば、茂兵衛隊には、五万石の大名の鉄砲保有数に匹敵する火力がある。そこまでの助太刀が必要なのだろうか。

（総じて、早晩「東方でなにかある」ってことなんだろうなァ）

ここでいう東方とはもちろん、沼田城か名胡桃城であろう。

「安房守様、一つよろしいでしょうか？」

「なんなりと」

「貴方様のお言葉の通り、北条氏邦殿がなんぞ不穏な動きを見せる恐れは確かにございましょう。そこは分かり申す。ただ、それならむしろ、先鋒である名胡桃城の守りを固めるのが筋にございませぬか」

「なるほど、繋《かし》ぎの城に過ぎないこの岩櫃城に、なぜかくも重きを置くのかと茂兵衛殿は首を傾げておられるのですな」

「ま、そうです」

昌幸は聡明な男だ。打てば響く。すぐに答えが戻ってきた。

「ワシの考えはこうじゃ。先鋒の名胡桃城に多くの軍勢を入れると、北条側に兵を動かす口実を与えかねない」

現に名胡桃城の兵力はわずか三百ほどだ。城番の鈴木主水には、北条に城を囲まれた場合、「早々に降伏するなり、逃げるなりせよ」と命じてあるそうだ。

事程左様に、惣無事令下の戦は難しい。

敵と交戦し「勝てばいい」というわけにはいかないのだ。法的に正しい戦――秀吉が認める戦、惣無事令に反さぬ戦であることが求められる。

「つまり真田家にとって、この岩櫃城こそが事実上の先鋒の城という御認識なのですな？」

「左様にござる」

「名胡桃城は、言わば囮《おとり》？」

「ま、そう言い切ってしまえば語弊もござろうが……ヒヒヒ」

昌幸が曖昧な笑顔で誤魔化した。

（なるほどね）

これで概《おおむ》ね納得がいった。昌幸は自分から攻めるつもりは一切ないのだ。先にのだろう。

北条から手出しをさせて、それに対応する中で、なんとか利を得ようとしている

「もしワシの読みの通りであれば、この八月下旬にも北条は名胡桃を盗りにくると思われる」

「断言なさいましたな」

「ああ、まず間違いはない」

北条としては、明徳寺城《みようとくじじよう》から半里（約二キロ）、沼田城から一里（約四キロ）に位置し、眺望のよく利く名胡桃城は、目障りこの上ない敵城であるはずだ。しかも、この界隈《かいわい》の利根川は浅瀬が多く、渡渉が容易《たやす》い。川が国境の役目をはたしていないのである。いつ相手が利根川を渡って攻め寄せて来るかも知れない。枕を高くして眠れない。

「しかし、関白様の御裁定で真田領と決まった利根川西岸の城を奪えば、惣無事令違背は明白。今度こそ天下の軍勢が小田原城に押し寄せましょう。幾らなんでも、北条がそこまで愚かだとは、どうしても思えんのですが」

「確かに……そう言われれば、そうですな、ハハハ」

と、昌幸が月代の辺りを指先で掻きながら笑った。

（なにがハハハだ……この世間を舐め切った笑いを見れば、やっとるな。間違いねェ。このお方は、裏でなんぞ悪巧みをしておられるんだわ）

「そうか、北条もそこまで阿呆でないか、アハハハ」

茂兵衛の面前で、狒々爺丸出しの昌幸の笑顔が弾けた。


しかしながら、天正十七年の八月が終わり、九月が過ぎ、十月に入っても、名胡桃城から一大事を伝える早馬が来ることはなかった。

駐屯が長引くと、兵たちは暇を持て余す。これが厄介なのだ。殊に鉄砲百人組の構成員たる足軽なんぞは、そもそも荒くれ者ばかりだ。口の悪い侍は「馬鹿と、泥棒と、嘘つきの集団」なぞと足軽を軽蔑するが、茂兵衛としては（なまじ正鵠を射ているだけに）上手く反論ができずにもどかしい。

これが普段なら毎日演習に駆り出し、悪事を考える暇がないほどに疲労困憊《ひろうこんぱい》させてやるのだが、この惣無事令下で、百挺もの鉄砲を連日撃ちまくっていると「岩櫃城は戦準備に余念がない」と勘繰られ、真田家に迷惑をかけることにもなりかねない。やることがなく、まるで時が止まっているようだ。

「ならば、鉄砲は撃たずに只々《ただただ》走らせるべい」

と、ばかりに只管《ひたすら》走らせてきたのだが、ここ岩櫃城では旧暦の十月半ばを過ぎると雪が降る。雪中行軍は寒いし、滑る。雪の中を走るだけ、苦しいだけの演習を延々続けさせていると、上役に反感を抱いたり、脱走したりする足軽が増えかねない。鉄砲足軽は、鉄砲という最新の武器の扱いに習熟する、言わば特殊技能者たちだ。逃げられては、御家の大損である。

「東から騎馬十騎、こちらへ参ります。急いどる！」

櫓の上から見張の徒武者《かちむしゃ》が叫んだ。

岩櫃城中の目が櫓に集まる。昌幸が軽快に梯子《はしご》を上って行き、櫓から小手をかざして東方を窺った。

「旗指は抱き稲か……主水だな」

名胡桃城代の鈴木主水は出自が藤白《ふじしろ》鈴木氏で、定紋は「丸に抱き稲」である。

鈴木たち一行は、大手門前で馬を下り、小雪が薄く積もる坂道を本丸へと駆け上がってきた。昌幸が、出迎えるように駆け下っていく。少しでも早く用向きを聞きたいのだろう。茂兵衛も一緒に行きたかったが、一応は余所者《よそもの》なので遠慮することにした。駆け下る者と駆け上る者は、三の丸の土塁の辺りで鉢合わせた。

「な、なに〜ッ」

しばらくして昌幸の怒声が本丸にまで聞こえてきた。下方を眺めれば、甲冑姿の立派な武士——おそらくは鈴木主水であろう——が、主人である昌幸の足元で泣き崩れている。

「お〜い、茂兵衛殿！」

昌幸が本丸を見上げ、茂兵衛に向かって大声で呼んだ。

「なんでござるかァ？」

「助太刀をお願い致す。これから百人組と共に名胡桃城へ参りたい。おそらく、我が名胡桃城は、すでに北条側に乗っ取られておる」

「なんと！」

これは一大事——時が急に進み始めた。

四半刻（約三十分）後、茂兵衛は三百人の配下の内、荷駄隊の百人のみを岩櫃城に残し、鉄砲、弓、槍の三隊、二百人を率いて城門を出た。昌幸も精鋭七百を率いて続いた。兵科の異なる部隊が一緒に行軍する場合、足の遅い鉄砲隊がだいたい先行するものだ。

岩櫃城から名胡桃城までは六里（約二十四キロ）ほどあるが、この二ケ月《ふたつき》の間、走ってばかりいた鉄砲隊だ。急げば半日——否、二刻（約四時間）で着けるだろう。

「茂兵衛殿」

背後で声がして、甲冑に茄子紺《なすこん》の陣羽織姿の昌幸が、一騎の上級武士を伴い追い上げてきて、茂兵衛の馬に轡を並べた。この上級武士こそ名胡桃城代、鈴木主水であるそうな。

「状況をお報せ致す」

と、昌幸が声を潜めて説明し始めた。

主水の妻の弟である中山九兵衛《なかやまきゅうべえ》という者が調略され、北条方に寝返ったらしい。「岩櫃城の矢沢頼綱の元へ出頭せよ」と昌幸名義の偽の書状を、九兵衛は主水に差し出したそうだ。主命である。主水は慌てて岩櫃城へと向かい、九兵衛の嘘は露見したのだが、おそらく時すでに遅しだろう。

「面目ござらん」

悔し涙を浮かべながら、主水が声をふり絞った。四十過ぎ、茂兵衛と大体同年齢の実直そうな武士である。

「城番の主水が留守の間に、中山九兵衛はまんまと北条の軍勢を城内に引き入れたものと思われる。無念じゃ」

「してやられましたな……で、どうなさいまするか？」

「なに、単純明快にござる」

馬を進めながら昌幸が事もなげに低い声で言った。

己が城一つを奪われたにしては、嫌に晴れ晴れとした表情をしている。

昌幸は「決して戦わぬ」と断言した。同時に「徹底的に、北条の惣無事令違背を詰《なじ》り倒す」とも誓った。できれば「第三者たる証人がいる前で、大声で詰りたい」そうだ。

惣無事令に反した北条と、あくまでも惣無事令を遵守《じゅんしゅ》する真田との対立構図をはっきりさせたいらしい。

「では、その証人とは……つまり、それがしにござるか」

「申しわけないが、その通りにござる」

北条家とも真田家とも縁戚関係にある徳川家の武将が証言すれば、その証拠力はかなり強化されるだろう。

「殿ッ」

思い詰めた様子で黙り込んでいた主水が顔を上げ、昌幸を見た。

「では、名胡桃城を奪還する御意思はないということにござろうか？」

「左様だ。主水、辛抱せい。我らが攻撃すれば、北条の惣無事令違背を指摘し辛くなる。どっちもどっち……喧嘩両成敗の法もあるでなァ」

喧嘩両成敗は、観応《かんのう》三年（一三五二）に室町幕府が定めた建武式目《けんむしきもく》追加を起源とする。

「されば手前に、一度だけ機会をお与え下され」

「なんの機会じゃ？」

「されば」

と、主水は昌幸に馬を寄せ、声を絞った。

「城を奪われたからには、もう真田へは戻れぬ。北条側に手前も寝返るからと騙《かた》って城に入りこみ申す。その上で、憎き九兵衛と刺し違えまする」

城と面目を失った城番の必死の願いに、昌幸はしばし思案を巡らせていたが、やがて主水を睨んで――

「駄目じゃ。如何《いか》に些細なことでも、真田側からの攻撃と言い募られかねん」

「しかし殿……」

「主水、了見せよ！」

主水は俯き、悔し涙を甲で拭った。

「御免」

と、昌幸に深く頭を下げ、茂兵衛にも会釈した後、馬首を巡らせ、後方へと下がっていった。

（あの男、死ぬぞ）

茂兵衛は、主君から預かった城を、身内の裏切りにより詐取された男の辛さを思い同情を寄せた。茂兵衛は生まれながらの武士ではなく、恥や面子にさほどの拘りはない。しかし、自分がもし主水の立場にいたら——やはり死ぬかも知れないと思った。

四

夕方、陽が沈む少し前に鉄砲百人組と真田勢は名胡桃城に到着した。

名胡桃城は、利根川の河岸段丘の端に、河道に突き出す形で立っていた。典型的な連郭式の縄張りで、東西方向に点々と曲輪《くるわ》が連なっている。各曲輪の土塁の比高は十三丈（約四十メートル）ほどもあり、なかなかに堅固だ。

城の各櫓に翻る三つ鱗の旗指《はたさし》が、夕陽に染まって朱に見える。三つ鱗——言わずと知れた北条氏の定紋だ。

昌幸は軍勢を、城の西端にある三の丸の前面に展開させた。

「安房守様、正面の丸馬出《まるうまだし》が気になりまする」

城の状況を概観した茂兵衛が、昌幸に提言した。

「万が一に備えて放列を敷きましょうか」

丸馬出は、武田家発祥の攻撃的な曲輪だ。籠城側が攻城側を攻める場合、ここに兵馬を集め、一気に突出してくる。茂兵衛が見るところ、大手門前の馬出の出入口は二ヶ所だから、それぞれに五十挺ずつの放列を敷けば、一定の抑止力にはなろう。逆に鉄砲隊が食い止めないと、真田勢は敵の突貫をもろに受けることになり、危機的状況に陥りかねない。

「見立ては仰る通りだが、それでは戦になってしまうからなァ」

昌幸は消極的であった。

「むしろ右手の木立の中に整列して下され。あそこなら、まずは安全じゃ」

見れば落葉樹の林で、木々は大方葉を落としている。

「あの木立は、二町（約二百十八メートル）近くも離れてござる。撃っても当たりませんぞ」

「なに、それでよい。指揮は寄騎の方にまかせて、茂兵衛殿お一人、ワシと御同道下され」

「お言葉の通りに致しますが。もし敵が押し出してきた場合、指揮を委ねるそれがしの寄騎はどう動けば宜しいか」

「逃げて下され」

「に、逃げる？」

「左様、逃げて下され」

「……はあ」

少し呆れた。ならばなぜ昌幸は、足の遅い鉄砲隊をわざわざここまで引っ張ってきたのだろうか。

「鉄砲隊は足が遅うござる。もし逃げきれなんだら如何致しまするか？」

逃げずに戦った方が、よほど生存の可能性が高まる。なにせこちらには百挺もの鉄砲があるのだ。

「そうなれば降伏して下され。抵抗せぬ徳川衆を北条が悪《あ》しく扱うことは、まずござらん」

「なんと……」

茂兵衛の表情が険しくなったことに昌幸が気づき、馬を少し寄せた。

「茂兵衛殿、ワシを信じて下され。ここは拙者におまかせ下され」

と、ニッコリ笑った。

(あんたを信じて、まかせて、結果徳川が損籤《そんくじ》を引くのは御免だぜ……ま、ここは素直に従うしかあるめェが。ただよォ、戦う気がねェのなら、なぜ軍勢を率いてきたんだ?)

昌幸に向け不承不承に頷いてから、仁王の馬首を巡らし、鉄砲百人組に向けて鐙《あぶみ》を蹴った。

「左馬之助、指揮をとれ。百人組は右手の木立内に陣を敷く。ええか、鉄砲に弾を込めさせるな。誤射も暴発も許さん。北条と決して戦わないのが安房守様の方針らしいわ」

「城兵が攻めてきたら?」

「おまんの判断で、逃げるか、それが無理ならば降伏せよ」

「こ、降伏? なんと!」

左馬之助と辰蔵が同時に声を上げた。明らかに不満そうだ。

家康は茂兵衛に「忠世に従え」と命じた。その忠世からは「真田に従え」と命じられたのだ。今の茂兵衛は、昌幸の言葉に従うしかない。

「不満だろうが、言う通りにしてくれ。北条家当主の正室は、家康公の実の娘御だ。我らが抵抗せねば、酷いことにはならんだろう」

「しかし……」

「左馬之助も辰蔵も、ここは俺の言う通りにしてくれや」

「はあ……」

なんとか頷いてくれたが、彼らも頭の中では「戦わんのなら、何故ここまで連れて来たのか?」と茂兵衛と同様な疑問が渦巻いているはずだ。

「小六、葵紋の幟旗《のぼりばた》を十人連れて俺についてこい。小頭一人、後は全員槍足軽がええ。鉄砲も弓も飛道具は要らん」

昌幸は表裏比興之者である。軽妙に振る舞ってはいるが、信用は置けない。ここは、自分たちが徳川勢であり、必ずしも真田勢と一心同体ではないことを北条方に明らかにしておくべきだろう。そのための幟旗だ。

「御意ッ」

幟旗を背負った足軽たちと小六を従え、昌幸のところへと向かった。昌幸も六文銭の幟旗の一隊を十人ほども連れて待っていたが、茂兵衛が葵紋の幟旗を背負った足軽たちを連れて来たのを見て、少し嫌な顔をした。

「では、参りましょう」

昌幸と轡を並べて仁王を進めた。後から足軽隊が続いた。

茂兵衛は、鈴木主水がいないことに気づいた。

「主水殿は当事者でしょう。一緒に連れて行かれた方がよいのでは？」

「あの者は今、預かった城を奪われ動転しておる最中《さなか》。交渉の場であらぬことを口走りかねない、そう判断し、同道しないことに致し申した」

「なるほど」

西方に聳える破風山《はふやま》に、晩秋の夕陽が沈もうとしている。昌幸が忍緒《しのびのお》を緩め兜を脱ぎ、背中に吊るした。城内の北条方に戦意のないことを示すつもりだろう。茂兵衛がそれに倣うと、小六や小頭たちも兜を脱いだ。昌幸は、丸馬出から半町（約五十五メートル）の距離で馬を止めた。

「これは真田安房守昌幸にござる。名胡桃城内の北条衆と話がしたい」

すぐに城門上の矢倉から返答が戻ってきた。

「北条氏邦が家臣、猪俣能登守《のとのかみ》と申す。お話を伺おう」

猪俣能登守邦憲といえば、城代として沼田に置かれた武将だ。矢倉の上で古風な星兜の鍬形《くわがた》が、夕陽を受け、煌《きら》めいている。

「この名胡桃城は関白殿下の裁定により、我が真田の持ち城となったはず。それがなぜ今、三つ鱗の旗指が翻っているのか理解不能でござる。是非にも御説明頂きたい」

「なに、兄弟喧嘩の仲裁にござる。城代の鈴木主水殿と義弟の中山九兵衛殿が仲違いした。惣無事令下、名胡桃城内で騒動が起こっては一大事と、九兵衛殿からの依頼を受けて兵を入れ申した」

「鈴木主水も中山九兵衛も我が真田の家臣。拙者が参りましたからには、兄弟喧嘩の仔細を含め、真田の問題として処置致そうと思いまする。よってこれ以上の北条家の御介入は不要。速やかに兵を沼田城へとお戻し下されし」

「なに、喧嘩が治まり次第、兵は退き申すのでご安心あれ。もうじきに陽も暮れまする。まず本日のところは、真田様こそ兵をお退き下さい」

「真田の土地で、真田の家臣同士の喧嘩を、真田の城内で『北条が治める』というのは如何にも理不尽。納得できませんな」

「………」

ここで矢倉からの返事が途絶えた。兜の鍬形が反射しなくなったところを見れば、背後の仲間に振り返り、話し合っているのだろうか。

カチッ。

矢倉から微かな金属音が聞こえてきた。

(この音……まさか火蓋を切る音じゃねェよなァ)

ふと、嫌な気分が胸を過《よぎ》った。今までにも幾度か戦場で経験したことのある独特の不快感だ。恐怖と言い替えるべきか。

(あれ? 俺、狙われとるのかな)

茂兵衛は自分が鉄砲に狙われ、まさに銃口が向けられていることを直感した。

彼は馬上で背後を振り返り、十人の足軽たちを見た。彼らの背中には徳川の定紋が三つ縦に並んだ幟旗が翻っている。これなら徳川勢であることは一目瞭然だ。北条側が撃ってくることはまずあるまい。安心し、鞍上で前を向いた。矢倉に強い西日が射している。

(俺らは、夕陽を背負った格好だが……奴らから、ちゃんと俺らは見えとるんだろうかなァ)

そんな不安を感じた刹那、名胡桃城の矢倉上で轟音が響いた。

ド――――ン。

茂兵衛のいる場所からは、煙や銃口の発光は見えなかったが、銃声は確かに名胡桃城の矢倉の上から聞こえてきた。その矢倉は正面から夕陽に照らされている。

（射手はさぞ狙い難かろう）

と、余計な心配をしたのと同時に、左胸に大きな衝撃を受け、茂兵衛は仁王の鞍上から転がり落ちた。

（ああ。やっぱり撃たれたわ）

他人事のように思っていた。ここ数年、幾度も死にかけている。信州で一度、平八郎の屋敷で一度――もう慣れて、さほどに驚きも慌てもしない。

（距離半町からちゃんと左胸の急所に当ててきやがった。しかも逆光だ。腕はえが、徳川の幟旗を見逃したのは頂けないねェ）

戦国期の馬が幾ら小型だといっても、鞍の座面までの高さは、せめて五尺（約百五十センチ）前後はある。その高さから、茂兵衛は仰向けになり、茜空を眺めながらゆっくりと落下した。錯覚なのではあろうが、息を五回も吐く間、延々と落ち続けた印象がある。

ドウッ。

背中に大きな衝撃を受け、茂兵衛の息は止まった。

(幾度か死にかけたが、案外その瞬間は痛くも苦しくもねェもんだ。ありがてェことだわ、ナンマンダブだなァ)

そこまで考えたところで、意識がフッと飛んだ。

五

茂兵衛は頭を辰蔵の膝の上に置き、仰臥《ぎょうが》した状態で覚醒した。

見上げると、辰蔵が何事かを叫びながら、茂兵衛の頰をさかんに叩いている。しかし、そもそも辰蔵の声がまったく聞こえないし、叩かれている頰も全然痛くない。生きてはいるのだろうが、これはどうしたことだろうか。

辰蔵の肩越しの夜空に、下弦の月が浮かんで見えた。旧暦二十二日の月が天中にかかるのは、卯《う》の下刻（午後六時頃）辺りか——撃たれてから、さほどに長い時間は経っていないようだ。

「お頭《かしら》ッ！　こらァ、茂兵衛！」

急に辰蔵の濁声《だみごえ》が聞こえ、頰もジンジンと痛み始めた。

「い、痛《いて》ェわ！」

辰蔵を撥ねのけて上体を起こした。陣羽織も甲冑も脱がされ、鎧直垂《よろいひたたれ》姿だ。

少しばかり寒い。

「おお、よかった。気づかれたか」

左馬之助の声がして、見慣れた顔が覗き込んだ。

あたりはもうとっぷりと暮れて、月明かりと焚火の炎で辰蔵や左馬之助の顔がようやく判別できる。

「俺ァ、また死にかけたのか？」

「お頭……弾も当たっとらんのに、死ねますかいな」

辰蔵が呆れたように小声で囁いた。

（弾が当たってない？　や、確かに左胸……心の臓の辺りに命中したはずだが）

と、己が左胸を探ってみたが、傷も痛みもまったくない。

（あれ？　妙だな）

兜や甲冑の鉄板の角度によっては、当たった弾が滑って跳ね、命拾いすることもなくはないが、最前の弾は甲冑の真正面から左胸にドシンと命中したはずだ。

跳弾したとは考え難い。

「俺ァむしろ、落馬で頭でも打たれたかと心配してましたわ」

辰蔵が続けた。

「脈はあったし、生きておられるとは思うとりましたが。どうです。手足はちゃんと動きますか?」

「おう、なんぼでも動くぞ」

確認したが、手足に麻痺のようなものは一切感じられなかった。

城内から銃撃されたことを受け、昌幸は猪俣邦憲との交渉を打ち切り、兵を半里(約二キロ)ほども信州街道に沿って下げ、改めて陣を敷いた。

物見を多く出して警戒し、左馬之助に乞うて、切通しの両側斜面の上に、信州街道を見下ろす形で百人組の鉄砲を五十挺ずつ配置させた。さすがは武田信玄の薫陶を受けた昌幸である。敵襲に備えるには十分な陣容であろう。

「いやはや驚き申した」

茂兵衛が覚醒したと聞いた昌幸がやってきて、深々と頭を下げた。

「大体、撃つにしても狙うべきは真田家当主である拙者であろうに。なぜ徳川の武将をわざわざ狙ったのか。まるで四方八方に喧嘩を売っているようなものだ。北条のやること為すこと、どうにも解《げ》せぬ」

「あの時、城門の矢倉は山の端に沈む直前の強い夕陽を直接に受けており申した。それがしが徳川の幟旗を背負った配下を連れておることは、おそらく見えなんだものと……」

「いやいやいや、然《さ》に非《あら》ず」

昌幸が手を振って茂兵衛の言葉を遮った。

「ワシもあの折、矢倉の前におったのです。夕陽は、矢倉を照らしておらなんだ」

昌幸は茂兵衛の肩に手をかけ、激しく揺すりながら主張した。まるで恫喝めいている。少し不愉快だ。

「つまり北条方の射手は、徳川の武将と知って撃ったのでござるよ」

「や、それはおかしい。確かに夕陽が矢倉を照らし……」

「なにを仰るか！　貴公、撃たれて死にかけたのですぞ！」

昌幸が両腕を振り上げ、声を荒らげた。

（安房守様……なにがなんでも北条が徳川に喧嘩を売ったことにしたいようだ）

これでやっと得心がいった。

（なるほどね。戦う気がねェくせに、俺らの鉄砲隊を連れて来たのは、北条側を挑発するためだったんだなァ。どうしても北条側から先に突っかけさせたかったんだ。それにまんまと猪俣は乗っちまった、墓穴を掘ったな)

家康は、北条への抑止力として鉄砲百人組を信州に残した。結果、沼田城の引き渡しはとどこおりなく済んだ。しかし、ここにきて北条は名胡桃城を奪った。彼らはすでに刀を抜いたのである。局面は移《うつ》ろった。

平時には抑止力として機能した徳川の鉄砲隊が、戦時においては北条への挑発となり得ることを昌幸は読み切っていたのだろう。

「横山殿、木戸殿、植田殿（小六）……」

昌幸が、茂兵衛の寄騎たちを一人ずつ指さした。

「貴公らのお頭が、悪辣なる北条の鉄砲の餌食となりかけたのでござるぞ。貴公らにも罪科《つみとが》がなくはない！」

寄騎たちが背筋をピンと伸ばした。

「では伺おう。あの折、夕陽は矢倉に射しておったのか？」

「や、それは……」

左馬之助と辰蔵が、チラチラと茂兵衛を窺っている。

「貴公らのお頭が死にかけたのですぞ！」

昌幸が一喝した。

「ですから、それは……」

左馬之助が困惑して、また茂兵衛を見た。

一つ間違えば、家康の娘婿の家との戦に、徳川家を挙げて巻き込まれてしまうのだ。寄騎の身分で、その全責任を負わされるのは酷だろう。茂兵衛は、小さく手を上げて左馬之助に応えた。

「いずれにしましても」

茂兵衛が、昌幸に向き直った。

「徳川の幟旗が『矢倉から全く見えない』ということはなかったと思われます」

「そうであろう。城門前に展開した段階で、徳川勢が交じっておることは分かっていたはずじゃからな」

「左様です。ただ、事実として夕陽が矢倉を照らしていたことはお認め下さい。偽りや歪曲は困ります」

「ふん。固いのう」

「手前どもも必死でやっておりまする」

しばらく睨み合ったが、やがて昌幸の方が折れ、ニヤリと笑った。

「ま、それでよろしい」

暗い中で大きく頷いた。

「この件は……夕陽で見え難かった可能性を含めて、大坂の関白殿下に逐一お伝え致す。では、これにて失敬」

昌幸が足早に立ち去ると、一同から深い溜息が漏れた。

茂兵衛は早速、辰蔵を問い詰めた。

「矢倉の西日は兎も角としてさ。俺ァ確かに左胸に銃弾を受けた。その勢いで、鞍から盛大に転がり落ちるほどの衝撃だったんだ。正面からドオンときたのさ。間違いはねェよ」

「や、だから、左胸に当たりはしなかったんですわ。左腋の下を掠めた。その衝撃で当たったように感じられたんだと思いまする。おい小六……」

と、辰蔵は背後を振り返った。

「はッ」

「お頭の陣羽織を持って来い」

小六が闇の中に走り去ると、左馬之助が顔を寄せ、小声で囁いてきた。

「気絶されたお頭の体を引き摺ってきてくれたのは、安房守様たち真田衆でございました」

その間、小六は動揺する足軽たちをよく纏めて陣形を整え、敵の追撃に備えな
「敵の追撃に備えながら、最後にゆっくりと退いてきたそうな。

「安房守様が『冷静な若者だ』と大層褒めておいででした」

と、話を結んで左馬之助がニヤリと笑った。

「ほ、ほうかい……」

左馬之助の手前、無表情で頷くだけにしたが、内心では大いに喜んでいた。なにせ上役が鉄砲で撃たれてひっくり返り落馬したのだ。しかもその上役は、子供の頃から親しんだ伯父でもある。動転して当たり前の場面で、小六はよく踏ん張ったと思う。

一年と九ヶ月前、小六は罪人の首を落とした。大体この手の荒治療は、両極端な結果が出るものだ。性根が据わる奴もいれば、腑抜けに堕ちる者もいる。小六の場合は前者だったようで良かった。阿呆の丑松の倅《せがれ》にしては上出来だ。

「はい、これです」

小六が差し出した白羅紗の陣羽織を辰蔵が受け取り、茂兵衛に提示した。

「ほら、ここ……ザックリと生地が裂けとり申す。ここを弾は掠めたんですわ」

「あぁッ」

思わず大声を上げたので、辰蔵と左馬之助と小六が同時に肩を怒らした。

「貸せ！」

と、辰蔵の手から陣羽織を引《ひ》っ手繰《たく》った。

「な、なんだよう？」

茂兵衛の異常な剣幕に、寄騎たちが戸惑っている。

「うるせェ」

義弟を怒鳴りつけて陣羽織を焚火の炎にかざして見た。確かに、左腋の部分の生地が大きく裂けている。なんと、その場所は——綾乃が、自分の名を刺繡してくれた箇所だったのだ。今現在「あやの」の刺繡文字はまったく読めなくなっている。

不満げな古女房の声が聞こえてきた。

「綾乃はね。真剣に『弾が外れますように』と神仏に祈りながら、一針一針刺繡しましたのよ」

それは、偶然かも知れない。

最初から敵弾は左脇の下を掠める軌道だったのだろう。でも事実、茂兵衛は、左胸に強い衝撃を受けた。腋の下をかすめたぐらいで大男が馬の鞍から転がり落ちるものだろうか。

四年前の天正十三年、茂兵衛の討死が浜松の屋敷に伝えられた。当時四歳だった綾乃の心には「熊か鬼のように強い父も、稀に死ぬことがある」と刻まれたはずだ。刺繍を習い、最初に覚えた自分の名を、父の陣羽織に「戦場での無事を祈りながら」一針一針縫い付けた。その思いが神だか仏だかに通じ、弾の軌道を曲げさせた——荒唐無稽な話だろうか。ただ一つ確かなことは、八歳の娘の父を思う気持ちに嘘偽りはないということだ。

そんな孝行娘を自分は「末恐ろしい女《あま》だ」とか「とんでもねェ性悪になる」と本気で腐していたのだ。

「す、すまねェ綾乃……」

茂兵衛は、陣羽織を顔に押し当てて泣いた。

（ええ子だわ。親思いで、心の優しい娘だわ。もう金輪際、二度と綾乃を性悪だとは言わねェし、思いもしねェ……俺ァ神仏に誓う）

信頼し、畏怖する鉄砲百人組頭の思わぬ慟哭《どうこく》に、左馬之助と辰蔵と小六は、互いに見交わして当惑するしか術がなかった。

六

「止まれ！」

信州街道を警戒している真田衆の声が、墨を流したような闇の底から立ち上ってきた。茂兵衛たち鉄砲百人組は二手に分かれ、切通しの両側、斜面の上に放列を敷いている。

子《ね》の上刻（午後十一時頃）を少し回った頃か。本日は旧暦の二十二日だ。下弦の月はもう山の端へと姿を消している。

「沼田御城下、正覚寺《しょうかくじ》の住持《じゅうじ》にございまする」

僧侶の声が震えているのは、寒さの所為《せい》だろうか。なんぞ嫌な気配がする。

「おい辰、すまんが下の様子を見てきてくれ」

「承知ッ」

と、辰蔵が機敏に坂を駆け下って行った。

「戦場に坊主とは、縁起が悪いですね」

小六が茂兵衛に囁いた。

「逆よ。骸《むくろ》と坊主は戦場につきものさ」

などと甥と軽口を交わしていると、辰蔵が喘ぎながら坂を駆け上ってきた。義弟も今年で四十四になる。下りは兎も角、上り坂は息が切れるらしい。

「名胡桃城の城代ですが……」

肩で息をしながら復命した。

「鈴木主水殿か？」

「腹を切ったそうです」

「ああ、なんってこったい」

思わず蜂谷を押さえた。予感はあったが、これはかりはどうしようもない。主君から預かった城を騙し取られたのだ。それも妻の弟にしてやられた。敵と精一杯に戦って敗れ、結果的に城を奪われたのとはわけが違う。城番としては、言い訳のしようがなかったのだろう。

「それも寺の本堂で、名胡桃城に向かい立ったまま切腹したそうです」

「立ったまま……痛ましいことよ」

茂兵衛の胸は詰まった。年齢も自分と近く、実直そうな男だった。

ハラキリ――茂兵衛も戦場で、敵が切腹する現場を遠目に幾度か実見したことがある。ただ、そもそも切腹は通常、胡座《あぐら》あるいは端座して行うものだ。短刀を逆手に持ち、もう一方の手を添え、上半身全体で得物を抱え込むようにして、腹に切っ先を突き立てる。その後は短刀を腹から抜き、喉に当てがい、上から覆い被さって突き刺し、絶命するのだ。下半身は座っているので安定し、体重と勢いを用いて刃物を体に入れる。恐怖と痛み、膂力《りょりょく》の萎えを克服して切腹するには最も合理的な方法だ。

だが立位のままの切腹となると、そうもいかなくなる。

体重が使えないこと、下半身が安定しないことの二点でやり難かろう。最後の最後まで胆力と膂力を保ち、自分の肉体を自分の意思で、冷酷に刺し貫かねばならないはずだ。

（実際に切腹したこたァねェが、なんとなく分かる。主水殿、選《よ》りにも選って随分と辛い方法で自裁されたものよ）

主水の義弟への遺恨、自分の愚かさへの怒りが、表出されているような切腹だと茂兵衛は思った。

丑《うし》の下刻（午前二時頃）、立木に背もたれして胡座をかき、仮眠をとっていた茂兵衛を辰蔵が揺り起こした。焚火の炎に義弟の顔も揺らめいている。

「お頭、名胡桃の城兵と家族が逃げて参りましたぞ」

「え？　ど、どうゆうこった？」

寝惚《ねぼ》けた頭がよく回らず、事態が把握できない。

立木にもたれてウツラウツラと舟を漕いでいたのだが、疲れが高じ、意外に深く眠り虚仮《こけ》ていたようだ。

「ですから……」

辰蔵によれば、名胡桃城に北条勢が入り、城の実権が北条方に握られた後、裏切者の中山九兵衛らは真田の城兵たちに「真田につくか、北条につくか」の選択権を与えたらしい。三百人の城兵の内、北条側に寝返ることを選んだ者は、わずか十名ほどで、多くは真田への帰還を希望した。北条側は彼らを武装解除した上で、家族共々城外へと追放したそうだ。

（ふん、これで北条が唱える「兄弟喧嘩仲裁のため」との屁理屈は通じなくなったな）

それはそうだろう。真田の城兵を追い出したことは、以降、北条が名胡桃城を占拠するとの意思表示にも等しい。そもそも真田の城に兵を入れ、第三者たる徳川の重臣を狙撃した時点で、すでにもう言い訳は通らないはずだ。

辰蔵の手を借りて立ち上がり、昌幸の本陣まで様子を見にいくことにした。

「辰、こちらの鉄砲隊の指揮をとれ」

「承知」

あちら側の指揮は左馬之助がとっている。

闇の中、転ばないよう坂を慎重に下り、信州街道を跨ぐように敷かれた昌幸の本陣を訪れた。本陣の前には弾除《よ》けの竹束で陣地が築かれ、二十挺ほどの鉄砲隊が待機していた。茂兵衛の鉄砲百人組が異常なのであって、二十挺の鉄砲隊はごく普通である。多くも少なくもない。ちなみに、二十挺の鉄砲は一万石の領主の軍役に相当する。「五百石当たり一挺持って参陣せよ」という意味だ。小県《ちいさがた》三万八千石、沼田二万七千石の真田家は、都合六万五千石で、家を上げて戦《いくさ》に出る場合鉄砲は百三十挺ということになる。

天幕の中で、昌幸は前髪の少年と対面していた。年齢は六、七歳ぐらいか。良家の子息らしい装束と物腰だ。容貌も優れている。

「茂兵衛殿、この者は、鈴木主水の嫡男で、小太郎《こたろう》と申す」

「な、なるほど……」

最前父を亡くしたばかりの少年に、どう接すればいいのか、茂兵衛には皆目見当がつかなかった。

「小太郎、こちらは徳川家から来援して下さっておられる植田茂兵衛殿じゃ」

「鈴木小太郎にございまする」

少年は折り目正しく平伏した。父親を失った心の動揺や悲しみを糊塗《こと》した、極めて落ち着いた声である。

(こりゃ、相当なガキだなァ。甘えがねェわな)

「実はな。この子の母親も今し方、喉を突いて身罷《みまか》ったのよ」

昌幸が小声で淡々と、まるで今年の米の作柄を語るように呟いた。

「……それは」

茂兵衛にも大体の推察はできた。主水を騙して城を奪った中山九兵衛は、主水の妻の実弟だと聞いた。夫が責を負って腹を切ったからには、裏切者の実姉である自分一人が、のうのうと生き永らえるわけにはいかなかったのだろう。哀れなことである。

「主水の所領、一子、鈴木小太郎が跡目を継ぐことを認める。今よりお前が、鈴木家の主《あるじ》じゃ」

「ありがたき幸せ」

と、少年が平伏した。しばらくの間、誰も口を開かなかった。

「な、小太郎よ」

昌幸が穏やかな笑顔で話しかけた。

「はッ」

「今後は、この真田家がお前の家だ。そう了見し、両親の分まで立派に生きよ」

「ははッ」

「お前を源三郎か源二郎の小姓にしようと思うのだが、どちらに仕えたい？　どちらとなら上手くやれそうか？」

「主を選ぶことは致しかねまする。殿様の仰る通りに致します」

「よおゆうた」

ここで昌幸は、傍らで立ち尽くしている茂兵衛を見た。

「茂兵衛殿、貴公ならこの子を、どちらの倅に仕えさせる？」

「左様ですな……」

ここで「分かりません」とは言えない。自分なりに精一杯知恵を絞り、大所高所から考えて、最良の道をこの子に示したいと心底から思った。

（賢そうだし、性根が据わっている。この子なら源三郎様とも、源二郎様とでも大過なくやっていけるはずだ。むしろ、お二人の暮らす環境の方が、この子の吉凶を左右するかも知れないな）

源二郎こと真田信繁は、極めて闊達《かったつ》な性格だ。周囲の小姓たちも元気な荒小姓が多く、まるで梁山泊のようだ。現在は大坂城で秀吉に仕えている。

一方、源三郎こと真田信之は知的で冷静な性格だ。召し使っている小姓たちも穏やかで知的な少年たちが多い。現在は上田城内で暮らしている。六歳の孤児が仕えるなら、断然源三郎の環境の方がよさそうだ。それにもう一点。源三郎の傍には妻の於稲がいる。茂兵衛の立場なら、於稲に書状を書き、仔細を述べた上で「目をかけてやって下され」と書き足すことも可能だ。賢く、心優しい於稲なら、小太郎に配慮してくれるだろう。

「されば、源三郎様を推しまする」

「左様か。ワシも同意見じゃ」

昌幸は頷き、小太郎に向き直った。

「お前は今後、小姓として上田城内で源三郎に仕えるのだ。よいな」

「ははッ」

我慢強い少年が平伏した。

終章　はめられた老大国

半月後。茂兵衛は昌幸とともに大坂《おおさか》にいた。供として小六と仁吉を、さらには従僕を二人同道しただけで、鉄砲百人組は小諸城《こもろじょう》の忠世に委ねた。

昌幸から「どうしても大坂まで一緒に来て欲しい」と捻じ込まれたのだ。

名胡桃城《なぐるみじょう》の一件を秀吉に報告する際の証人とさせたいのだろうが、昌幸に踊らされるのは危険だ。公の席で、何を言わされるか分かったものではない。やんわりと断ったが、最後は源三郎や於稲までを動員して口説かれ、さすがの茂兵衛も音《ね》を上げた。結局大坂について来ている。泣く子と昌幸には勝てない。

実は、名胡桃城事件の直後、茂兵衛は岩櫃城《いわびつじょう》内で本多正信と大久保忠世に書状を出した。一件の詳細を報告すると共に、このまま真田側に組み込まれることの是非、北条家に対する徳川の立場、方針についての判断を求めたのだ。しかし、大坂に向け岩櫃城を発《た》つ日までに返事は届かなかった。遠い駿府《すんぷ》からは兎も角、小諸からの返事が来ないのは解《げ》せない。忠世が言質《げんち》を取られるのを嫌い、敢えて返事を出さなかった可能性もある。徳川の家臣としては微妙な難しい判断になるので、忠世のことだから、大方しらばっくれたのだろう。

かくて大坂での茂兵衛は、誰の指示も受けられない状態に陥っている。正信が期待した通りの一本立ち——自分の頭で考え判断し、徳川の利得を最大化せねばならない。わずかでも判断を誤れば、よくて切腹。最悪の場合は徳川という家が消滅しかねない。

「茂兵衛、おまん、心配のし過ぎだよ」

上座の羽柴秀康《はしばひでやす》が笑った。家康の次男於義丸《おぎまる》も、秀吉の養子となり、今は羽柴姓を名乗っている。官位は従五位下三河守《じゅごいげみかわのかみ》だ。茂兵衛は、大坂城内の一室で秀康に会った。元配下の小栗金吾《おぐりきんご》も同席している。

「そう仰いますが、関白殿下は、布告を出されたやに伺っておりまする」

布告の内容は以下の通り——この十一月中に約定通り北条氏政が上洛せぬ場合、来春早々にも北条討伐を行う云々。

「だからさ」

今年で十六歳になった秀康が笑顔で身を乗り出した。

「氏政は必ず来るよ。来ねば討伐される。自明の理《ことわり》だ。島津の例もある」

「な、なるほど」

秀康に限らず、大坂方は誰もが楽観的だった。秀吉は「攻める、潰す」と囃《はや》し立てるが、結局北条が折れて「それでおしまい。丸く収まる」との空気が強く、誰も本気で戦支度《いくさじたく》などしていない。

（そりゃ誰だってそう考えるわな。二百万石を賭して自滅に向かう阿呆はおらんものなァ）

と、茂兵衛も考えるが、沼田領の殺気立った今の空気を思えば、よく分からなくなる。北条氏邦は現在も兵を進め、新たに下野国《しもつけのくに》の諸城を宇都宮家《うつのみやけ》から奪っているとも聞く。北条は「行け、行け」なのだ。本当に大丈夫か？

昌幸からは、明日の午後にも秀吉に謁見すると言ってきている。茂兵衛も同道することになるらしい。となれば、公の席で秀吉や諸大名衆を前に、徳川の立場を質《ただ》されるやも知れない。

（その時「分かりません」とは言えんわなァ。ガキの使いじゃねェんだ）

一方で家康からすれば、北条は娘の嫁ぎ先だ。茂兵衛は徳川家を代表して安易に北条征伐に賛同するわけにはいかない。茂兵衛が駿府を発つ段階では、徳川の方針は「大坂への恭順」で定まっていた。しかし、それは名胡桃城事件勃発前の判断だ。情勢の変化に伴い、ひょっとして現在の家康は「北条や伊達と組んで大坂と対峙する道」を選んでいるかも知れない。確かめようがないのだ。少なくとも最側近の本多平八郎、榊原康政、井伊直政の有力三将は「秀吉嫌いの主戦派」なのだから。

(どうするかなァ。一本立ちは苦労が多いよなァ)

「おい、金吾よ」

「はい、お頭《かしら》」

秀康の前を辞した後、大坂城の廊下を並んで歩きながら、小声で問いかけた。

「あのよォ。おまん、石川数正《いしかわかずまさ》殿とは付き合いはあるのかい?」

「まさか。そんなことしたら御手討ですよ」

金吾が手刀で己が首筋を叩いてみせた。

「殿(秀康)は石川のことを蛇蝎《だかつ》の如くに嫌っておられますからねェ」

「やはり、徳川家を見捨てたからか?」

「裏切者ですからね。関白殿下が時折呼び出し、意見を聞いておられるようだが、それ以外は用無しの嫌われ者ですわ、ハハハ」

「あ、そう」

茂兵衛は、数正出奔の真相など知らない。ただ、三年前の天正十四年十月、大坂城外の「関目《せきめ》の七曲《ななまが》り」で、数正は百姓の姿に身をやつし、泣きながら家康に平伏していた。それを見た家康も涙を流し「自分は家来に恵まれている」と呟いたものだ。

（あの件《くだり》を見る限り、石川様の出奔には裏がありそうだ）

裏切りを装い、家康の密偵として大坂城に潜り込んだ——その辺りが真相ではないのか。

（となればよォ。石川様の話が聞きてェな。石川様は秀吉の傍近くに仕えておられる。多分、秀吉の真意を知っとるだろう。そんな話を聞いた上で、明日の謁見に臨みてェもんだわ）

だが、連絡の取り様がない。下手に誰かに訊くのも間抜けている。頼みの金吾も石川とは没交渉だという。

（参ったなァ。世の中は上手く行かねェもんで……えぇッ⁉）

天佑神助《てんゆうしんじょ》。奇跡は起こる。信じる者は救われる。

正面から廊下を歩いてくるのは、紛うことなき石川伯耆守《ほうきのかみ》数正ではないか。

しかし、事情を知らない金吾がいる。廊下には豊臣家の家臣たちも歩いている。親しげに声をかけて意見を聞くわけにはいかない。

(どうしよう。どうするかなァ)

迷う間に、どんどん彼我の距離は縮まった。

(え〜い、ままよ)

茂兵衛に気づいた石川が、硬い表情で会釈をした。茂兵衛はそれを黙殺し、すれ違いざまに肩を強《したた》かぶつけてやった。

ドン。

「な、なにをする⁉」

六尺(約百八十センチ)豊かな大男に肩を当てられ、よろけた石川が顔を上げて色を成した。

「たァけ。肩をぶつけたんだよォ。そんなことも分からねェのか?」

「無礼であろう!」

「無礼だと? 主家を裏切るような野郎から言われたかねェなァ」

と、一歩踏み出し、憎々しげな表情で思いきり顔を寄せてやった。まるで村の悪童の喧嘩だ。

肉体的な不利を悟った石川が、暴漢を無視して行き過ぎようとする前に立ち塞がる。通せんぼだ。

「待てよ。逃げるのか？」

「い、急いでおるのだ」

金吾や周囲の侍たちが、何も言わずに含み笑いをしている。諍《いさか》いを止める者はいない。誰もが裏切者は嫌いなのだ。三河の荒武者が、裏切った家老に難癖をつけるのを面白がっているようだ。

今だ——ここで茂兵衛は声を絞った。

「百姓が平伏していたのと同じ場所で、丑《うし》の上刻（午前一時頃）にお会いしたい」

早口の小声で伝えた。それと気づいた石川が微かに頷いた。

「ああ、臭ェ臭ェ……裏切者の臭いがプンプンしやがる。おい金吾、行くぞ」

「はい、お頭」

金吾を伴い、踏ん反り返って廊下を歩きだした。

関目の七曲りは、大坂城から北に一里足らず、京街道が左右に蛇行した場所である。左手が林、右手は田圃《たんぼ》。三年前のことだが、その情景をよく覚えていた。

茂兵衛は刻限より早目に到着して石川を待った。今宵は旧暦の七日、上弦の月は子《ね》の下刻（午前〇時頃）には地平線の彼方へと沈み、辺りは墨を流したような闇である。

「茂兵衛か？」

その闇の中から押し殺したような声がした。

「はッ」

京街道を挟んだ林の中から、武士が一人歩み出た。暗くて顔は確認できないが、背格好と声、この場所を知っていることなどから考えて石川伯耆守に相違あるまい。

「昼間は、御無礼致しました」

「いやいや。あの位でないと、むしろワシの方が困る。で、用件はなにか？」

「お伺いしたき儀がございます。実は……」

と、経緯を説明した上で、秀吉の本心。徳川が進むべき道について質した。

「や、秀吉は本気だよ」

声を落として、石川が囁いた。

「実は、名胡桃城事件の以前から北条を討つ気で着々と準備しておる」

「ほう。では惣無事令は見せかけで、秀吉の本心ではないと？」

「ハハハ、あれはあれで本心なのさ。むしのいい男だからなァ」

秀吉は、配下の武将たちに気前よく土地を配ることで求心力を高めたい。その原資となる北条の二百万石がどうしても必要なのだ。つまり、北条以外は惣無事令で大人しくさせた上で、北条を寄って集って潰す腹だと石川は説明した。九州征伐時と同規模で二十万からの軍勢を組織するらしい。

「た、大軍ですな」

「しかも欲に目の眩んだ二十万人だ。恩賞の二百万石分が目の前にぶら下がっておる。徳川、伊達、北条が組んでも勝てる相手ではねェ」

「ただ、もし北条が頭を下げてきたら？」

「や、秀吉は決して許さんよ。惣無事令云々の前に北条の土地が欲しい。そのための策もいくつか講じておる。ほれ、おまんを連れて来た真田安房守の入れ知恵だわ。北条を潰した暁には、真田は上野国《こうずけのくに》丸々一国を貰える約定だとも聞いた」

「なんと悪辣な！」

一応、驚いてはみせたが、昌幸なら普通にやりそうなことだ。

北条に降参する気を起こさせないよう焚《た》きつけ、煽る印象は、名胡桃城事件の頃から濃厚に感じられた。

「北条が生き残る道は唯一つ。二百万石から二十万石への減封を受け入れることしかない」

「十分の一への減封か……酷《ひで》ェ」

北条の領地が、二十万石に減れば、秀吉は浮いた百八十万石を配下に配るだろう。北条以外の誰もが大喜びだ。

「もう北条は死に体よ。おまんは秀吉の前で堂々と、徳川が大坂側に立つ旨を宣言して構わん。先日、駿府にもそのように書き送っておいたから心配は要らん」

「さ、左様ですか」

闇の中で、ゴクリと固唾《かたず》を呑み込んだ。

（哀れ北条家……関白と安房守の策謀に滅びるか）

初冬の風が茂兵衛の背筋をわずかに凍らさせた。

戦国の世は、今や陰湿な政治の時代へと向かっている。否、多分に今までも政治的だったのかも知れないが、高々一郡一郷を賭けた諍いだった。今後は規模と桁が違う。天下を睨んでの大政治合戦となる。少なくとも、茂兵衛や平八郎たち豪傑荒武者の時代が、終焉を迎えていることだけは確かなようだ。

本作品は、書き下ろしです。
協力：アップルシード・エージェンシー

双葉文庫

い-56-12

三河雑兵心得《みかわぞうひょうこころえ》

百人組頭仁義《ひゃくにんくみがしらじんぎ》

2023年3月18日　第1刷発行

【著者】

井原忠政《いはらただまさ》

【発行者】

箕浦克史

【発行所】

株式会社双葉社

〒162-8540 東京都新宿区東五軒町3番28号

［電話］03-5261-4818(営業部)　03-5261-4831(編集部)

www.futabasha.co.jp(双葉社の書籍・コミックが買えます)

【印刷所】

中央精版印刷株式会社

【製本所】

中央精版印刷株式会社

【フォーマット・デザイン】

日下潤一

ISBN978-4-575-67149-0 C0193
Printed in Japan

朝井まかて　残り者　長編時代小説
大奥、最後のとき。なにゆえ五人の女中は、御殿にとどまったのか⁉　激動の幕末を生きぬいた女たちの物語。

葉室　麟　川あかり　長編時代小説
藩で一番の臆病者と言われる男が、刺客を命じられた！　武士として生きることの覚悟と矜持が胸を打つ、直木賞作家の痛快娯楽作。

葉室　麟　螢草《ほたるぐさ》　時代エンターテインメント
切腹した父の無念を晴らすという悲願を胸に、出自を隠し女中となった菜々。だが、奉公先の風早家に卑劣な罠が仕掛けられる。

葉室　麟　峠しぐれ　時代小説
峠の茶店を営む寡黙な夫婦。ある年の夏、二人を討つため屈強な七人組の侍が訪ねてきた。二人の過去になにが。話は十五年前の夏に遡る。

葉室　麟　あおなり道場始末　痛快長編時代小説
その剣、天下無双——ただし、三回に一回⁉　未完成の奥義〝神妙活殺〟を引っさげて、三兄妹弟は父の仇を捜すため道場破りの旅にでる！

幡大介　八巻卯之吉　放蕩記　大富豪同心　長編時代小説〈書き下ろし〉
江戸一番の札差・三国屋の末孫の卯之吉が定町廻り同心になった。放蕩三昧の日々に培った知識、人脈、財力で、同心仲間も驚く活躍をする。

幡大介　天狗小僧　大富豪同心　長編時代小説〈書き下ろし〉
油問屋・白滝屋の一人息子が、高尾山の天狗にさらわれた。見習い同心の八巻卯之吉は、上役の村田銕三郎から探索を命じられる。

岡田秀文
関ヶ原
長編歴史小説

天下分け目の戦として世に名高い関ヶ原の合戦を、寧々の視点を交えて描いた意欲作。「新しい関ヶ原」の誕生！

海道龍一朗
加藤段蔵無頼伝Ⅰ
惡忍《あくにん》〈新装版〉
長編戦国
ピカレスク・ロマン

乱世を駆け抜けた伝説の忍者がいた！ その名は加藤段蔵。伊賀・甲賀を挑発し、加賀一向衆の首領を罠にかけ、上杉謙信を誑かす。

風野真知雄
新・若さま同心 徳川竜之助
象印《ぞうじるし》の夜
長編時代小説
〈書き下ろし〉

辻斬りが横行する江戸の町に次から次へと起きる怪事件。南町の定町回り同心がフグ中毒で壊滅状態のなか、見習い同心竜之助が奔走する。

風野真知雄
わるじい秘剣帖（一）
じいじだよ
長編時代小説
〈書き下ろし〉

元目付の愛坂桃太郎は、不肖の息子が芸者につくらせた外孫・桃子と偶然出会い、その可愛さにめろめろに。待望の新シリーズ始動！

風野真知雄
わるじい慈剣帖（一）
いまいくぞ
長編時代小説
〈書き下ろし〉

あの大人気シリーズが帰ってきた！ 目付に復帰したのも束の間、孫の桃子が気になって仕方がない愛坂桃太郎は江戸への帰還を目論むが。

金子成人
ごんげん長屋つれづれ帖【一】
かみなりお勝
長編時代小説
〈書き下ろし〉

根津権現門前町の裏店を舞台に、長屋の人情や親子の情をたっぷり描く、くすりと笑えてほろりと泣ける傑作人情シリーズ、注目の第一弾！

金子成人
ごんげん長屋つれづれ帖【二】
ゆく年に
長編時代小説
〈書き下ろし〉

長屋の住人で、身重のおたかが倒れてしまった。周囲の世話でなんとか快方に向かうが、亭主の国松は意外な決断を下す。落涙必至の第二弾！

小杉健治　蘭方医・宇津木新吾
誤診　長編時代小説〈書き下ろし〉
見習い蘭方医・宇津木新吾は、町医者・村松幻宗の真摯な人柄と見事な施療術に傾倒していくのだが……。青春時代小説、シリーズ第一弾!!

小杉健治　蘭方医・宇津木新吾
潜伏　長編時代小説〈書き下ろし〉
深手を負った七人殺しの下手人を匿い、施療した幻宗。ところが、看護をしていた夫婦が惨殺され、下手人の姿が消えた！

佐々木裕一　新・浪人若さま　新見左近【一】
不穏な影　長編時代小説〈書き下ろし〉
浪人姿に身をやつし市中に繰り出し悪を討つ。その男の正体は、のちの名将軍徳川家宣——。大人気時代小説シリーズ、双葉文庫で新登場！

佐々木裕一　新・浪人若さま　新見左近【二】
亀の仇討ち　長編時代小説〈書き下ろし〉
権八夫婦の暮らす長屋に仇討ちの若い兄妹が転がり込んでくる。仇を捜す兄に助力を申し出た左近だが、相手は左近もよく知る人物だった。

芝村凉也　北の御番所　反骨日録【一】
春の雪　長編時代小説〈書き下ろし〉
男やもめの屁理屈屋、道理に合わなければ上役にも臆せず物申す用部屋手附同心・裄沢広二郎の奮闘を描く、期待の新シリーズ第一弾。

芝村凉也　北の御番所　反骨日録【二】
雷鳴　長編時代小説〈書き下ろし〉
深川で菓子屋の主が旗本家の用人に無礼討ちにされた。この一件の始末に納得のいかない同心の裄沢は独自に探索を開始する。

鈴木英治　口入屋用心棒1
逃げ水の坂　長編時代小説〈書き下ろし〉
仔細あって木刀しか遣わない浪人、湯瀬直之進は、江戸小日向の口入屋・米田屋光右衛門の用心棒として雇われる。好評シリーズ第一弾。